In unablässiger Schwebe

Paul M. Backert

In unablässiger Schwebe

und andere ausgewählte Kurzgeschichten

Bibliografische Information der Deutschen Nationalbibliothek:
Die Deutsche Nationalbibliothek verzeichnet diese Publikation in der
Deutschen Nationalbibliografie;
detaillierte bibliografische Daten sind im Internet über
http://dnb.d-nb.de abrufbar.

© 2015 Paul M. Backert
Satz, Umschlaggestaltung, Herstellung und Verlag: BoD – Books on Demand
ISBN: 978-3-7386-8420-9

Inhalt

Urs und Ursula	7
In unablässiger Schwebe	12
Die Reise zu den Sommerinseln	16
Hans Hund und der Seehund	19
Die Abschlussfeier	24
Der ungetanzte Tanz	28
Die Augen des Grossvaters	33
Einladung zum Urwalddinner	37
Beiger Dienstagnachmittag	43
Jens	52
Reisebericht Alaska	58
Reisebericht Pyrenäen	64
Reisebericht Wärmland Schweden	70
Aus dem Tunnel heraus	75

Urs und Ursula

Der Herbstnebel des frühen Morgens lichtete sich langsam. Die Sonne tastete sich noch halbblind in die Strassen der Stadt, auf die Dächer und den in sein Betonbett gemauerten Kanal. An dessen Ufer steamten in beide Richtungen Männer und Frauen, die noch halb steifen Glieder und gefrorenen Seelen für den fordernden Arbeitstag sparend, langsam auftauend.

Auch Urs steckte noch in Müdigkeit. Er war bedacht, wie seine Vorder- und Hintermänner die noch halb steifen Glieder für den Tag zu schonen und gleichermassen vorsichtig aufzuwärmen. Wie die Vorder- und Hintermänner hielt er seine Seele auf Sparflamme.

Als Ursula plötzlich in Sichtweite vor ihm auftauchte, hatte alles an ihm und in ihm den Wunsch, sofort voll zum Leben erwachen zu können. Zwar hatte er sie auf diesem Wege schon des Öfteren getroffen, doch noch nie zu dieser Tageszeit. So hatte er nicht damit gerechnet, sie hier jetzt zu sehen.

Urs versuchte, Saft in Kopf und Körper zu schleusen. Doch die Saftlosigkeit war auch mit den besten Wünschen nicht radikal zu vertreiben. Er versuchte ein geradliniges Lächeln, das eher schief geriet und das Ursula glücklicherweise nicht sah, da sie ihn noch nicht wahrgenommen hatte. Urs hielt den Blick versuchsweise gewinnend auf sie gerichtet, während sie sich schnell einander näherten. Er hielt den Blick und der Versuch, ihn gewinnend zu gestalten, schien ihm noch immer zu glücken. Nun waren sie nur noch einige Meter voneinander entfernt. Urs hielt den Blick versuchsweise gewinnend und voller Hoffnung. Dann war die Physik seiner Augen überreizt. Er musste für einen Augenblick woanders hinsehen. Nur drei Zehntelsekunden lang. Und gerade in diesem Augenblick hätten beider Blicke sich wohlwollend treffen können, denn Ursula nahm nun, während der drei Zehntelsekunden, Urs wahr. Sein versuchsweise gewinnender Blick war jetzt nicht mehr in der Bahn des ihren. Er hatte sich, nun wieder schief, ein Stück von seinem Objekt entfernt und war keineswegs mehr gewinnend, falls er das zuvor wirklich gewesen war. Schnell fing er ihn wieder ein, doch nicht schnell genug. Sie grüssten beide. Doch Urs musste ihr durch seinen abwesenden Blick uninteressiert und merkwürdig vorgekommen sein. Denn sie grüsste eher befremdet, während sein Gruss trotz allem in die Nähe eines freundlichen Grusses geriet. Urs fragte sich, ob ihr Gruss genauso befremdet ausgefallen wäre, wenn seine Augen ihm besser gedient hätten.

Niedergeschlagen ging Urs weiter. Die geringen Lebenssäfte, die nun in ihm zu kreisen begonnen hatten, verschwanden so schnell, wie sie gekommen waren. Er wollte zur Salzsäule erstarren, bis zum nächsten Tage stehenbleiben, wo er stand. Der bevorstehende Arbeitstag trieb ihn weiter, nahm ihn in seine Obhut.

Die drei Zehntelsekunden spukten in seinem Gehirn, durchsäuerten seine Träume, machten ihn schlaflos.

Am nächsten Morgen begab sich Urs wieder auf den Weg. Wieder Nebel. Nichts deutete darauf hin, dass er sich bald lichten würde. Den Stadtkanal entlang, den der dichte Nebel noch unerbittlicher als am Tage zuvor in das betongemauerte Bett presste, stumpf dem verhaltenen Menschenstrom folgend.

Als Ursula wieder in Sichtweite vor ihm auftauchte, bäumte sein Inneres sich auf. Auch diesmal hatte er nicht mit ihr gerechnet. Der Versuch eines geradlinigen Lächelns. Es missriet ihm ganz und gar. Heraus kam ein schiefes Grinsen, schiefer als jedes denkbare schiefe Grinsen, und ein Blick, dass nur ein Gott sich seines Eigentümers erbarmt hätte. Ursula hatte Urs schon einige Augenblicke zuvor gesichtet. Urs schon wieder so früh am Tage sehen zu können, schien sie froh zu stimmen.

Doch sein schiefes Grinsen und der jämmerliche Blick liess sie glauben, er hätte entsprechendes Missfallen an ihr. Ihre für den frühen Morgen ungewöhnlich aufgehellten Gesichtszüge verfinsterten sich, passten sich den Gesichtern der anderen Leute und der Undurchdringlichkeit des Nebels an. Urs konnte kaum ein trockenes »Guten Morgen« herauspressen und die Situation lag schon wieder hinter ihm. Vor ihm der Kanal, der Beton, der Nebel, die Arbeit.

Urs visitierte Psychologen, studierte Werke der grossen Philosophen. Doch nichts und niemand konnte ihm die drei Zehntelsekunden wiedergeben. Auch lernte er nicht zu glauben, dies könnte jemals geschehen.

Seinem Unglauben zum Trotze. Jahre später wurden Urs und Ursula Partner fürs Leben. Hand in Hand gingen sie am Kanal entlang. Sie sprachen über Nebel, schiefe Blicke, jämmerliche Grimassen und getane Arbeit.

Jahre später. Es lag wieder dichter Nebel und Ursula verschwand darin. Sie kam nicht mehr zurück und Urs war trauriger, als er jemals gewesen war.

Er ging wieder zur Arbeit, früh am Morgen, so trostlos wie nie zuvor. Oft lag undurchdringlicher Nebel, besonders bei dieser Jahreszeit, so auch jetzt, als er Ursula plötzlich im Nebel vor sich auftauchen sah. Doch er wusste nicht recht, ob er froh oder traurig sein sollte. Im ersteren Falle hätte er eh versagt, so wie damals oder noch schlimmer. Er war schliesslich ein gutes Stück älter geworden. Und mit dem Alter wird man bekanntlich nicht energischer. So entschloss er sich, nicht erst zu versuchen, den quicken, frohen Menschen zu spielen.

Umso überraschter war er, als Ursula dies tat. Er sagte nicht nein, als sie vorschlug, wieder Partner fürs Leben zu werden, und er war so froh wie nie zuvor.

Eines Tages, einige Jahre später, verschwand Ursula wieder. Diesmal allerdings nicht im Nebel, sondern bei schönstem Sonnenschein. Dies half aber Urs sehr wenig. Urs war so traurig wie nie zuvor.

Doch dann, bevor Urs starb, es war auch jetzt ein schöner Sommertag, ging Urs am Kanal entlang. Der Kanal schien nicht so recht des Sonnenscheins froh sein zu können. Zu sehr schien er an Nebel und die anderen Jahreszeiten gewohnt, als er sich beklemmt durch sein hartes Bett arbeitete.

Urs traute seinen Augen nicht. Von weitem sah er deutlich Ursula ihm entgegenkommen. Auch sie musste ihn deutlich sehen. Sie lachte froh und winkte.

Alles in ihm und an ihm hatte den Wunsch, Ursula

verständlich machen zu können, dass er nun keinerlei Interesse mehr an ihr hätte.

Es war zwar nicht früh am Morgen, seine Glieder konnten nicht weniger steif sein als jetzt, mitten am Tage, mitten im Sommer bei schönstem Sonnenschein. Aber Urs war alt geworden. Und so dienten ihm seine Glieder gar nicht so, wie er wünschte. Sie näherten sich mehr und mehr. Alles an Urs und in Urs versuchte sich zu sträuben, je mehr, desto näher sie sich kamen. Doch was dabei herauskam, war das Gegenteil. Ursula deutete seine Bewegungen und die Mimik als Zeichen seiner grossen Freude. Sie fiel ihm um den Hals. Urs erschrak über alldem so sehr, dass ihn der Schlag traf.

Und so lebten sie, zwar nicht mehr lange, aber immerhin, bis Urs ein noch grösserer Schlag traf. Sie lebten in grosser Harmonie. Urs war zwar noch imstande, sich der Aussenwelt mitzuteilen. Er war aber nicht mehr imstande, irgendeine Art von Unmut zum Ausdruck zu bringen.

In unablässiger Schwebe

Die junge Frau stieg dankbar in den Bus, liess das vor dem Wind und der nassen Kälte wenig Schutz spendende Wartehäuschen hinter sich. Sie stempelte ihr Ticket und sah sich nach einem freien Platz um.

Die junge Frau hatte Glück. In der Mitte des Busses war noch ein Platz frei. Sonst hätte sie wohl mit der grossen, noch von niemandem benutzten Stehfläche vorliebnehmen müssen. Erfreut liess sie sich nieder.

Nach kurzer Zeit begann sie, die in nächster Nähe sitzenden Passagiere zu mustern. Nichts Besonderes fiel ihr vorn in der linken und nichts Besonderes fiel ihr vorn in der rechten Reihe auf. Links neben ihr, auf dem Fensterplatz, sass eine fast eingeschlafene alte Frau.

Auf den beiden Plätzen rechts neben ihr eine junge Frau mit einem roten Hut und ein junger Mann. Aussergewöhnliches zeichnete weder sie noch ihn aus, doch da all die anderen noch in geringerem Masse Aussergewöhnliches auszeichnete und da all die anderen weiter wegsassen, so liess die junge Frau ihre Blicke vorsichtig auf die beiden in der Nachbarschaft gleiten.

Der Mann blätterte in der Zeitung und so konnte sie sehen, dass seine Finger ringlos waren. Das Gleiche konnte sie bei der Frau mit dem roten Hut feststellen, während diese nervös mit ihren Handschuhen spielte. Also waren sie nicht verheiratet. Sie registrierte diesen Tatbestand, obwohl sie nicht recht wusste, zu welchem Zwecke ihr dies Wissen nützen könnte.

Der Mann schien gemerkt zu haben, dass sie ihm ein

Mass an Aufmerksamkeit schenkte. Er richtete seinen Blick auf sie. Sie war nicht sicher, ob sie sich dabei belästigt fühlte oder nicht. Sie glaubte eine verletzte Reaktion seitens der Frau neben dem Manne registriert zu haben, auch wusste sie nicht, ob er für sie je irgendeine Bedeutung haben könnte.

Falls es ein strafender Blick seitens der Frau mit dem roten Hut war, mussten die beiden liiert sein. Er war ihr Geliebter. Ihr Bruder wohl nicht, es sei denn, sie hatten ein inzestuöses Verhältnis. Denn welche Schwester straft ihren Bruder mit einem bösen Blick, weil er mit einer Frau flirtet?

Vielleicht war es gar kein böser Blick.

Falls der Mann flirtete, war er ein Don Juan, der das bereits überhöhte Selbstgefühl noch weiter im Begriffe war zu steigern.

Oder waren seine Blicke ewa diskreter als von ihr wahrgenommen? Vielleicht wollte er ihr Selbstgefühl steigern. Dann aber, wie konnte er, ausgerechnet er, so eingebildet, sich dazu berufen fühlen, sich um ihr, ausgerechnet ihr Selbstgefühl zu sorgen?

Oder hatte er des einen oder anderen nötig?

Sie daneben mit dem Hut, mit der für sie falsch gewählten roten Farbe, sass sicher zufällig neben ihm. Vielleicht hatte er ein positives Erlebnis dringend nötig, unabhängig von der Zufälligkeit oder Nichtzufälligkeit ihres nebeneinander Sitzens.

Er war einer der ausgekochten Art und sie ein Engel. Wie anmutig sie so mit ihren Handschuhen spielte.

Letztlich schien die junge Frau im Begriffe, sich dafür zu entscheiden, dass sein Flirt, falls überhaupt einer, nur in die Kategorie *Jenseits von Gut und Böse* einzuordnen war. Aber wie mit dieser Entscheidung leben? Sollte sie einen Blick, jenseits von Gut und Böse, zurückwerfen oder nicht? Wählte sie Ersteres, so hatte sie eigentlich schon das Gute in ihm vorausgesetzt und befände sich nicht mehr jenseits von Gut und Böse. Und falls sie doch imstande war, unentschieden reagieren zu können, musste sie ihn eigentlich abweisen, zwar nicht brüsk, aber dennoch.

Die Augenblicke tickten ihre Sekunden ab. Was war zu tun?

Das Resultat – ein wohl zufälliges Gemisch aller Möglichkeiten, denn es gab anderes zu tun, das Augenmerk nach vorn zu richten, und dann auch, nicht zuletzt den Buss einmal wieder zu verlassen.

Der Mann warf erneut einen mindest zweideutigen Blick zurück. Sie erwiderte diesmal mit einem, sich eindeutig in die Richtung eines Flirts sich bewegenden Blick. Er fing den Blick nicht auf, die Augenlider waren eine Zehntelsekunde damit beschäftigt, notwendige Flüssigkeit über die anzutrocknen drohenden Hornhäute der Augen zu verteilen.

Der Bus hielt, man entstieg ihm.

Sie traf ihn, den Mann ihres Lebens, nie wieder in diesem Bus. Er traf sie, die Frau seines Lebens, nie wieder in diesem Bus.

Im Nachhinein ging ihr ein Licht auf, sie warf sich in Frustration über unverrichtete Dinge in einen reissenden Fluss.

Ihm ging im Nachhinein ein Licht auf, auch ihm, er

warf sich in Frustration über unverrichtete Dinge in einen reissenden Fluss.

Den gleichen Fluss wie sie, zu gleicher Zeit.

Wo sich beide wieder trafen, ihr Ertrinken gegenseitig verhinderten, im gleichen Takt ans rettende Ufer schwammen und dabei singend das Schicksal lobten.

Die Reise zu den Sommerinseln

Der alte Vater und der erwachsene Sohn hatten die Tickets für die Reise, auf die sie sich so lange schon gefreut hatten, bezahlt und alles war klar. Sie studierten noch einmal gemeinsam die Landkarte. Die Sommerinseln waren ihr Ziel. Nach der Karte zu schliessen lagen sie nur wenige Kilometer vor der Küste.

Der Sohn wunderte sich im Stillen darüber, dass sie dem Reisebüro zufolge die ganze Reise ausschliesslich mit dem Zug zurücklegen würden. Wie von der Küste zu den Inseln gelangen?

Doch wozu grübeln? Eine Lösung würde sich finden. Wahrscheinlich führte eine Brücke zu den Inseln.

Die wenigen Tage bis zum Antritt der Reise verstrichen und Vater und Sohn setzten sich in den Zug.

Stunde um Stunde verging und so näherte man sich schliesslich der Küste. Der Sohn fragte sich wieder im Stillen, wie nun die Reise weitergehen würde. Sie hatten nur noch wenige hundert Meter bis zum leicht bewegten Meer. Der Sohn schaute für Sekunden zum Fenster hinaus.

Als er den Blick in den Waggon und zum alten Vater zurückgleiten liess, hatte dieser sich fast aller Kleidung entledigt. Er war im Begriffe, auch sein letztes Kleidungsstück, das Unterhemd, auszuziehen und alles zusammen, luftdicht in eine Plastiktüte geschnürt, an einem Häkchen über dem Gepäcknetz aufzuhängen.

»Was machst du da?«, wollte der Sohn fragen, als das Wasser mit Riesenschüben in den Waggon gestömt kam. Nach wenigen Augenblicken stand beiden das Wasser bis über den Nabel, der beim Vater dadurch, dass er sich der Kleidung entledigt hatte, sichtbar war, während sie sich so auf ihren Sitzen gegenübersassen.

Das kann nicht wahr sein, dachte der Sohn. Noch im letzten Moment hatte er versucht, sich so vieler Kleidungsstücke wie möglich zu entledigen, ohne grossen Erfolg. Von Kopf bis Fuss angekleidet sass er da und zappelte, während der nackte Vater zufrieden lächelte und ihm entgegnete: »Sei doch nicht wieder der Zappelphilipp.« Er ruderte selig mit den Armen im Wasser, das nun zu steigen aufgehört hatte. Er erklärte dem Sohn, es würde nur noch ein paar Minuten dauern, dann wären sie durch das Wasser hindurch und bei den Inseln angelangt.

»Ja so«, sagte der Sohn verwirrt.

»Die Schienen sind auf dem Meeresgrund verlegt«, antwortete der Vater, um den Sohn zu beruhigen. »Bis hin zu den Inseln. In wenigen Minuten werden wir in tiefere Meeresgefilde kommen. Dann wird, wie du verstehst, das Wasser steigen, und zwar bis über den Zug, so dass er ganz im Wasser verschwindet.«

»Das ist ja der sichere Tod, Vater. Wir verschwinden ja dann auch ganz im Wasser.« Der Sohn ruderte rasch und nervös mit den Armen, während der Vater die seinen wie ein satter Frosch im Wasser auf und ab gleiten liess.

»Wir müssen nur tief Luft holen und die Luft eine kurze Zeit lang anhalten. Für die Kurzatmigen wird gleich eine Sauerstoffmaske von der Decke fallen.«

»Aber warum sagt man das alles denn nicht über den Lautsprecher?« »Das wissen doch alle«, entgegnete der

Vater. »Von diesem touristischen Totalerlebnis weiss doch mittlerweile fast die ganze Welt. Wie kann das dir entgangen sein?«

Beide holten tief Luft, der Sohn pflückte die Sauerstoffmaske herab, die über ihm baumelte, hielt sie sich übers Gesicht.

Das Wasser stieg. Der Zug verschwand im Wasser, Vater und Sohn verschwanden im Wasser, mit aufgeblähten Zwerchfellen.

Nach kurzer Zeit sank es ihnen wieder bis unter die Schultern. »Gott sei Dank«, sagte der Sohn. »Nun dauert es nicht mehr lange, dann sind wir bei den Inseln angelangt«, sagte der Vater. »Dann werden deine Kleider rasch trocknen. Auf den Inseln ist es immer sehr warm.« »Ja, dann werde ich meine Kleider trocknen«, stotterte der Sohn.

Hans Hund und der Seehund

Hans Hund wusste weder ein noch aus. Alles drehte sich um ihn herum, wie wenn er zu lange auf einem Karussell gesessen hätte. Im Grunde hatte er nichts falsch gemacht, er war sich keiner Schuld bewusst.

Alles begann, als er vor ein paar Wochen ein Aquarium in der Stadt besucht hatte. Dies war auch schon vor Jahren des Öfteren geschehen – ohne die gleichen fatalen Folgen.

Vor zwei, drei Wochen nun, für einige Stunden war er wieder dort, ging eine langsame Runde durch die Anlage, schaute sich Schlangen, Insekten, Fische, und was auch immer zu sehen war, genau und entspannt an.

Dort allerdings, wo die Seehunde sich befanden, hatte er wesentlich länger verweilt als anderswo und dabei genau und lange einen Seehund ins Auge genommen, der direkt vor ihm an der Glaswand pendelte und seinerseits dem Anschein nach mit ihm beschäftigt war. Um ihn herum waren in einem gewissen Abstand ungewöhnlich viele Leute gestanden, hatten ihn und den Seehund beobachtet. Hans Hund war es anfänglich nicht aufgefallen, fand es dann äusserst komisch, zuletzt unangenehm und machte sich aus dem Staube. Einige hatten getuschelt, doch hatte er nicht hören können, was. Diese Leute hatten den Eindruck erweckt, einer Gemeinschaft, einem Verein anzugehören.

Nun, vor kurzem, klingelte dreimal das Telefon, worauf die Anrufer zunächst höflich ihren Namen preisgaben, ihm dann ihre aufrichtige Anteilnahme übermittelten. Die beiden ersten Male ging alles so schnell – er war nicht imstande zu reagieren, bevor der Hörer schon wieder aufgelegt war. Beim dritten Gespräch war er darauf eingestellt und fragte schnellstens, nachdem die aufrichtige Anteilnahme ausgesprochen war, worum es gehe. Er bekam zur Antwort, man finde es fantastisch, dass er ein so inniges Verhältnis zu einem Seehund habe und doch gleichzeitig auch traurig – die Gesellschaft sei ja leider noch nicht ganz reif dafür. Es müsse noch viel getan werden. Die Chance, sich selbst weiter darüber zu äussern, er habe gar kein seehündisches Verhältnis, bekam Hans Hund nicht.

Hans Hund setzte sich verwirrt in eine Zimmerecke und grübelte. Und verstand, dass sein langes Verweilen vor den Seehunden im Aquarium eine wichtige Rolle gespielt haben musste, und besonders natürlich das Verweilen vor dem einen der Seehunde an der Glaswand. Für Seehunde hatte er nie mehr übrig gehabt als für andere Tiere oder Menschen, sich nie in einen Seehund verliebt. Er hätte schwören können. Hans Hund grübelte weiter. Und fand nichts, was ihn in der Sache hätte weiterbringen können. Oder doch, ihm ging ein Licht auf.

In den vergangenen Monaten konnte man des Öfteren irgendeinen Zeitungsartikel lesen über die Liebe zwischen Menschen und Seehunden, im Fernsehen gab es Talkshows darüber, Parteien hatten das Thema in ihre Agenda eingefangen. Und ein im ganzen Land tätiger Verein mit dem Namen »Zur Befreiung von Mensch und Seehund« arrangierte Veranstaltungen mit immer grösser werdendem Zulauf. Hans Hund ahnte, er musste Opfer eines berserkerischen Engagements sein. Man wollte ihm helfen, auf Leben und Tod, ihm, der keine Hilfe brauchte, doch nun brauchte er wohl Hilfe, der Hilfe wegen.

Er musste an die Luft. In einen nahe gelegenen Park.

Kaum war er aus dem Hause, als ein Mann mit einem modischen Hut ihm beim Vorbeigehen zurief: »Sie müssen an die Öffentlichkeit, Sie müssen zu Ihrer Liebe stehen. Sie müssen sie vor den Menschen bekennen. Wir brauchen Leute, die einer solchen Liebe ein Gesicht geben.«

Wohl war es die Zeit einiger Seehunde und Menschen, nicht aber die des Hans Hund. Damit hatte er noch immer nicht gerechnet. Die Leute drehten sich nach ihm um.

»Geben Sie Ihrer Liebe ein Gesicht«, sagte der Mann mit dem modischen Hut noch einmal. Hans Hund rannte, was die Beine hergaben. Bis in den Park. Dort schmiss er sich erschöpft auf eine Bank, die Zunge aus dem Munde.

Kaum hatte er wieder normaler zu atmen angefangen, kaum besass sein Gehör wieder die Fähigkeit, Geräusche wahrzunehmen, und nicht nur vom eigenen Körper, als ihm die Stimme eines Redners entgegenschlug. Der Redner sprach von Seehunden. Hans Hund sprang wieder auf, peitschte sich mit letzten Kräften nachhause.

An einem anderen Tag ging Hans Hund abends zum Tanz. Die Mädchen drehten sich und hatten liebliche Augen. Eines sass mit goldenen Locken allein am Tisch. Er erhielt die Erlaubnis, neben ihr Platz zu nehmen. Ihre Schönheit überwältigte ihn, und schon stellte er sich vor, dass er die Nacht mit ihr verbringen dürfe. »Möchtest du mit mir tanzen?«, fragte er. Das Mädchen räusperte sich und sah beklommen aus.

»Verlangen Sie bitte nicht etwas von mir, was mich zwischen Sie und Ihren Seehund bringen könnte, ich bin ein moralisches Wesen«, antwortete sie. Wie hätte Hans Hund damit rechnen können? Es verschlug ihm die Sprache. Mit wehmütigem Blick fing er an zu stottern. »Ich verstehe schon«, sagte das Mädchen, als ob es besser wüsste.

Resigniert schaute er vor sich hin, verliess Mädchen, Tisch und Lokal.

Am nächsten Tag verspürte Hans Hund das Verlangen, mit Leuten zu sprechen, die wussten, wer er war. Er lud Bekannte ein, tischte auf, tat alles für ihr Wohlergehen. Die Stimmung wurde besser und besser. Er wagte es von den demoralisierenden Erlebnissen der vergangenen Tage zu erzählen. Diesmal, wusste er, würde man ihm Unterstützung anbieten.

»Nein, das kann wirklich nicht so weitergehen, lieber Hans«, fing Franz an.»Wo soll das enden? Lieber Hans, du weisst, du kannst immer auf uns vertrauen. Wirklich, lieber Hans. Du weisst es. Aber, lieber Hans, du musst ehrlich sein. Es hat doch keinen Sinn, den wahren Tatbestand so umzudrehen, wie du es tust. Das ist in der Pychologie ein altbekanntes Ablenkungsmanöver.«

»Sehr richtig«, pflichtete Kunigunde bei, »wir alle sind der gleichen Meinung, damit du siehst, dass wir alle wie ein Mann hinter dir stehen und es aufrichtig mit dir meinen, Hans. Erkenn dich selbst, sei auch du aufrichtig mit dir selbst, und mit uns, und dem Rest der Welt, in dieser schweren Stunde.«

»Jaaa«, murmelten die anderen im Bunde beipflichtend.

Hans Hund rollte die Augen wie nach einem Gehirnschlag. Er wackelte mit dem Kopf. Sie schauten ihn an. Er starrte geradeaus vor sich hin, sagte kein Wort. Auch nach mehreren Minuten nicht.

Man verabschiedete sich von ihm, schaute ihm tief und aufmunternd in die Augen, da man sein Schweigen als Eingeständnis aufgefasst hatte. Auch Hans Hund verliess das Haus, begab sich hinunter auf die Strasse.

Nun rechnete er mit allem. Er rechnete damit, dass Bäcker, Metzger, Apotheker und Taxifahrer ihn dazu auffordern würden, mutig zu sein. Ebenso die Verkäuferinnen in den Warenhäusern und die Schaffner in den Zügen und Strassenbahnen.

Hans Hund versuchte in aufrechtem Gang weiter die Strasse hinunterzugehen. Es war schwierig. Eine Frau schrie ihn an: »Gehen Sie nicht so gebückt. Gehen Sie im aufrechten Gang. Sie sind doch kein Hanswurst. So eine fantastische Liebe und sich auch noch dafür schämen. Nein, nein!«

Hans Hund ging noch gebückter weiter, als kämpfte er gegen einen Sturm an. Es hatte den Anschein, die Schwerkraft würde ihn für immer auf den Erdboden ziehen.

Die Abschlussfeier

Jerry Garcia spielte ein himmlisches Gitarrensolo. Oder war es John Lennon? Aber nein, dessen Instrument war ja der Bass und nicht Lead. Natürlich war es Garcia, der hier wie keiner seinesgleichen dem Instrument alle möglichen und unmöglichen Töne entlockte. Noch hundertmal besser als im Original auf der LP. Aber das war sein Warenzeichen – das Live-Auftreten. Dann legte er sich rücklings aufs Pferd und spielte plötzlich nicht mehr, starrte nur entspannt an die hohe Decke mehrere Meter über ihm.

Aufs Pferd. Was für ein Pferd? Das Pferd in der Turnhalle, das Seitpferd, ohne Ringe natürlich, sonst wäre das Liegen darauf äusserst schwierig gewesen.

Wir befanden uns in der Turnhalle. In der Turnhalle, wo wir gewöhnlich Turnstunden hatten, nur nicht heute. In der Turnhalle des Gymnasiums unserer Stadt.

Wir waren dort zur Schule gegangen, und nun eigentlich nicht mehr. Wir waren fertig damit. Die Abschlussfeier ging über die Bühne und Jerry Garcia lag auf dem Rücken auf dem Pferd, starrte die Decke an und spielte nicht mehr Gitarre, sondern schaute seitwärts mit triumfierendem Blick zum kalt gestellten Schulorchester hinüber, das dennoch, aber keineswegs siegessicher, auf seinen Einsatz wartete und hoffte.

Dass Garcia nun plötzlich nicht mehr spielte, war genauso merkwürdig, wie es wenige Minuten zuvor merkwürdig gewesen war, dass er es tat, ausgerechnet er, hier in der Turnhalle neben dem Notausgang, während der Abschlussfeier.

Und plötzlich stand der Direktor auf der Bühne mit seinem Manuskript in der Hand. Unschlüssig, wohin er sich begeben solle, ob zum Mikrofon vorn oder zu Garcia hinten am Notausgang, führte er das Manuskript ein paarmal vor seine Augen, um es dann wieder hinter seinem Rücken zu verstecken, nervös mit den Händen umklammernd. Dann entschloss er sich und bewegte sich auf Garcia zu, verweilte einen Augenblick bei diesem, sprach mit ihm.

All das war für uns doch schwer zu begreifen.

Garcia nickte ein paarmal zum Direktor gewandt und die Lippen bewegten sich auch, jedoch ohne sich selbst in seiner liegenden Position zu bewegen.

Nun ging der Direktor aufs Mikrofon zu und hub an. Gleichzeitig griff auch Garcia wieder in die Saiten, ohne sich aus der Liegenden emporzureissen.

Eine Rede über ein lateinisches oder griechisches Vorbild und unsere anzugehende Zukunft war zu erwarten.

Der Direktor hielt die Festrede, erklärte einleitend entschuldigend, der hier drüben am Notausgang sei *laid back,* wie er selbst sage. »So ist es halt«, sagte der Direktor defaitistisch, und: »I konn doch nix dafür!«

»Bitte kein Dialekt – der Anlass, der Anlass!«, rief jemand der Eltern indigniert. Garcia begleitete des Direktors Rede schlafwandlerisch und jeder Ton passte. Die Rede und die Gitarrentöne verschmolzen in übernatürlicher Harmonie.

Dennoch schien das Ganze es unseren Eltern schwer zu machen, stolz zu sein auf ihre Sprösslinge, weswegen sie ja letzten Endes gekommen waren.

Uns war es zumute, als träumten wir.

Unsere Eltern schauten sehnsüchtig in Richtung Schulorchester. Aber es kam noch schlimmer.

Die Rede war fertig und man hörte noch ein typisches garciahaftes, sich auslaufendes Gitarrengeklimper, als eine Mitabiturientin auf die Bühne sprang und schrie: »Die Zeiten ändern sich!!«, die artig gebundenen Zöpfe auflöste, so dass ihr das Haar feenhaft über die Schultern fiel. Sie riss sich die brave, abschlussweise Bluse auf, ebenso den BH, schmiss ihn mit einer weit ausholenden Armbewegung ins Publikum und näherte sich mit dingelnden Brüsten Mikrofon und Direktor. Dieser schrie ins Mikrofon: »Alles hoab i scheint's falsch g'moacht. Alles!!«

»Bitte kein Dialekt – der Anlass, der Anlass!!«, rief jemand aus dem Elternpublikum.

Bei all dem sahen nur die wenigsten, dass Garcia plötzlich nach langem Gähnen mit einem Plumps vom Pferd fiel. Er rührte sich nicht mehr, er musste tot sein. Auch der Direktor hatte ihn ganz vergessen, er verzog sein Gesicht zum Publikum hin, ostentativ weggerichtet von den üppigen Brüsten der Abiturientin.

Er ging in die Knie, schlug verzweifelt mehrmals die Arme nach unten. »Herrschaft noch mal, Herrschaft noch mal«, schrie er, richtete sich wieder auf und schritt entschlossen aufs Mikrofon zu, entschlossener als beim ersten Mal.

Er hub erneut an. Redete noch einmal die gleiche Rede, in einer höheren Tonlage, und diesmal also ohne die Gitarrenriffs von Garcia. Er wendete sich innigst ans Publikum, während die Bewegungen der Barbusigen langsamer und langsamer wurden, bis sie ganz einfroren.

Die Eltern erhoben sich feierlich, jedoch nicht, weil nun Sargträger hereinkamen, um Garcia in den Sarg zu legen und abzutransportieren, durch den Notausgang. »Bravo, bravo«, riefen sie.

Und nun hob der Dirigent des Schulorchesters schwungvoll den Taktstock.

Der ungetanzte Tanz

Der Mann sass an einem der wackligen Tische – ein Tischbein war immer kürzer als die anderen oder der Boden uneben. Vor ihm ein prickelndes, halbvolles Glas Bier, in der noch immer wirksamen Abendsonne. Der gegenüber hatte ein volles Glas auf dem Tisch, daneben aber schon mehrere geleerte, andere geleerte wiederum waren schon abtransportiert worden. Seine Mundwinkel, gespreizt vom unablässigen Wechsel zwischen auslässigem Lachen und aufdringlichem Lächeln, allmählich Schaum ansammelnd.

Er klopfte dem anderen freundschaftlich auf die Schultern, fragte ihn nach seinem Namen, Alter, Beruf und wo er herkam, ob er verheiratet sei und Kinder habe, erzählte dann in diesen Angelegenheiten von sich und auch noch mit wichtiger Gebärde von seinem Landeigentum in der Nähe der Stadt, in der sie sich befanden. Seine Augen leuchteten stolz. Ein grosses Grundstück war es. Er drehte sich erwartungsvoll auch zum Nachbartisch hin. Dort sassen zwei Frauen mit farbigen Drinks und Strohhalmen darin. Seine Augen leuchteten schelmig, als er tapsig versuchte, ihnen mit Worten näher zu kommen. Sie mussten das mit dem Landeigentum gehört haben und tief beeindruckt sein.

Die Schaumpilze in den Mundwinkeln waren gewachsen. Die Worte kamen nicht mehr leichtfüssig, das eine oder andere konnte gerade noch herausgestottert werden. Die Frauen blieben ungerührt.

Enttäuscht nahm er wieder mit dem Tischnachbarn

vorlieb. Man konnte hören, wie die beiden Frauen leise kicherten.

Er sprach plötzlich in einem ganz anderen, forscheren Ton, stellte Fragen, die er vor Minuten schon gestellt hatte, noch einmal. Mit einem wilden Blick, er stammelte, röhrte, grunzte, dehnte die Wörter bis zur Unkenntlichkeit, verlor die Kontrolle über die Sprache.

Der Gesprächspartner leerte rasch sein Glas, fand es angebracht, den Tisch zu verlassen. Die Tanzkapelle hatte angefangen zu spielen. Ort und Publikum musternd, durchschritt er das Parkcafé, drehte Runden. Schliesslich der Entschluss, jemanden zum Tanz aufzufordern, die Schönste von allen. Sie sass nicht weit von der Kapelle, er zögerte, gab sich den Anschein, er würde der Musik zuhören, schubste sich kaum merkbar weiter, stand wieder still, nur Meter von ihr entfernt. Ihre Augen spiegelten weder Abweisung noch etwas Einladendes wider. Ein raubeiniger Jüngling sprang auf, zog den einen, noch freien Stuhl an ihrem Tisch zu sich. Er musste zuvor von ihr abgewiesen worden sein. Sein Blick speicherte noch frische Wut, war auf ihn gerichtet.

Die Stimmung war ihm zuwider, er verweilte noch kurz, machte kehrt, ging in die Halle, wo man Billard spielte. Mancher hatte sich ganz hierher verzogen, weg vom Mahlstrom der sich begegnenden Geschlechter vor und auf der Tanzszene, ging beim Billardspielen auf, war auf den Barhockern festgefroren. Andere wiederum wagten sich erneut hinaus. Auch er entschloss sich dazu. Der Platz war voller geworden. Die Leute drängten sich. Die Tanzenden schwitzten. In der gegenüberliegenden Ecke torkelte sein Tischpartner ziellos herum.

Um den Tisch der Auserkorenen gut beobachten zu können, wählte er eine passende Stelle an einer Mauer, lehnte sich an, gab sich den Anschein des nicht Interessiertseins. Er wurde Zeuge, wie ein Jüngling nach dem anderen sich um sie bemühte. Ohne Erfolg.

Einer ging in die Knie, stellte sich zart, als hätte er eine rote Rose in der Hand. Sie lächelte jedes Mal mild, liess sich jedoch nicht überreden.

Wieder drehte der Mann Runden. Die Klimax des Abends war vorüber. Die Leute gingen nachhause. Er aber lehnte sich noch einmal an die Mauer, liess ein letztes Mal den Blick von Tisch zu Tisch gleiten. Dort, wo er anfangs gesessen hatte, sass sie nun plötzlich mit der Freundin. Die zwei anderen Stühle frei. Tische und Stühle in der Nachbarschaft ebenso, aber voll von leeren Gläsern und Flaschen.

Warum sass sie nun ausgerechnet an seinem Tisch? Seine zwei geleerten Gläser standen merkwürdigerweise noch dort neben denen des Betrunkenen.

Sie rechnete damit, dass er sich wieder an den Tisch setzen würde, oder hoffte darauf. Er war der Einzige des Abends, den sie heranlassen wollte.

Ob ihr in seine Richtung gewandter Blick abweisend oder einladend war, konnte er im Halbdunkel nicht ausmachen.

Sie dachte nicht einmal an ihn, unterhielt sich nur immerzu mit der Freundin. Oder tat so, als ob dies ihr Hauptgeschäft wäre, so wie eben sein Stehen an der Mauer die Lässigkeit als sein Hauptgeschäft andeuten hatte sollen.

Noch einmal ein verspäteter, optimistischer Jüngling.

Auch er kniet, süsslich, sie wieder mild, aber nicht mehr, und das war es.

Sie hatte sich ganz zufällig an seinen Tisch gesetzt, auch wenn so viele andere freistanden.

Er konnte das Schicksal auf die Probe stellen, zu ihr hingehen, sich wieder an den Tisch setzen, es war ja eigentlich seiner.

Er tat es nicht. Sie wollte ihn herbeilocken, um auch ihn abweisen zu können. So musste es sein. Sie war chronisch abweisend, sie war geniesserisch abweisend. Er konnte als Einziger bei ihr Glück haben. Sie hatte ihn, gerade ihn auserkoren.

Beginnende Müdigkeit meldete sich, doch sein Blut wallte noch, trotz des Bieres darin, denn es war nicht ganz bei den zwei Gläsern geblieben. Nie wieder würde ihm das Schicksal so gnädig gesinnt sein.

Er machte sich auf den Heimweg.

Die abgeblitzten Jünglinge, die ihn zu beiden Seiten überholten, waren der Beweis dafür, dass er nichts wagend richtig gehandelt hatte, die nicht wenigen glücklichen Paare aber, dass auch er hätte handeln sollen.

Er schaute nach rechts, und während er es tat, überholte sie ihn links. Er schaute nach links, und während er es tat, sah er gerade noch, wie sie rechts ihr Gesicht von ihm wegwendete. Ein erlöschendes Lächeln war noch wahrnehmbar, so wie wenn jemand einen vergeblichen Flirt an den Mann zu bringen versucht.

Beiderseits neben ihm und vor ihm bewegten sich noch andere.

Ihr Lächeln war einer generellen Zufriedenheit entsprungen oder galt diesen anderen. Und war es überhaupt ein Lächeln? Nicht vielmehr ein beliebiges Verziehen des Gesichts?

Die laue Sommernacht hielt den guten Gedanken warm, der doch gleichzeitig ein schlechter war – nicht nur die Chance, auch die verspielte Chance.

Ein brüsk kühler Windstoss brachte ihn hin und wieder zum Erstarren, bevor er erneut zum Leben erwachte. Wieder und wieder zum Leben erwachte.

Die Augen des Grossvaters

Der Grossvater war alt geworden, ja, sehr alt war er geworden. Er war nun ein richtiger Grossvater mit wenigem, dafür aber schneeweissem Haar.

Dennoch war unsere Familie mehr als überrascht, als unser Grossvater eines Tages damit anfing, seine Augen aus den Augenhöhlen herauszuglauben und irgendwohin zu legen oder gar zu schmeissen, um sie dann nach einiger Zeit wieder aufzulesen, in die Augenhöhlen zu drücken und zu sehen wie ein Zwanzigjähriger.

Ich hatte von alldem nur durch die anderen gehört und stellte mich doch ungläubig zu der Sache. Als ich dann von einer längeren Reise zurückkam, musste ich Zeuge folgenden Geschehens werden.

Spät am Abend, kurz vor dem Zubettgehen kam der Grossvater noch einmal in die gute Stube, unterhielt sich kurz mit mir, sprach ein wenig über das zurzeit gar nicht schöne Wetter und sagte schliesslich Gute Nacht zu mir. Er verschwand aber nicht sogleich in seinem Zimmer, wie er das früher stets bei dieser Gelegenheit zu tun pflegte.

Er fing stattdessen an, mit seinen Fingern in den Augenhöhlen herumzubohren. Also doch, dachte ich und versuchte mit unaufdringlichen Blicken zu observieren. Zwei Finger der einen Hand bewegten sich plötzlich in die linke Augenhöhle und zwei Finger der anderen Hand in die rechte.

Der Grossvater zog langsam das linke Auge aus seiner Augenhöhle, und er zog genauso langsam auch das rechte heraus.

Daraufhin warf er beide Augen, ein jedes in seiner eigenen Hand, gleichzeitig auf den Boden, wobei die Arme sich rituell parallel zueinander bewegten. Nicht etwa zornig, eher so, als ob er sich kurzzeitig eines lästigen Kleidungsstücks entledigen wollte.

Er blieb nun stehen und sah einige Minuten meditierend an die Decke. Was wird er nun tun? Diese Frage stellte ich mir und fühlte mich unwohl.

Zunächst tat er weiterhin nichts anderes, als die Decke anzustarren, ohne Augen.

Ihn bei diesem Ritual, dazu noch ohne Augen, zu stören, empfand ich als unangebracht. Endlich liess er den Blick von der Decke wieder nach unten wandern, er bewegte sich. Er bewegte sich im Zimmer auf und ab, ohne Augen nach seinen Augen Ausschau haltend.

Ich dachte mir: Ohne Augen siehst du ja nichts, Grossvater. Wie willst du denn deine Augen wiederfinden?

Doch er kümmerte sich weder um mich noch um meine Gedanken, und nach kurzer Zeit schien er wirklich der Augen fündig geworden zu sein.

Er steuerte zielbewusst in eine Richtung, beugte sich und hob etwas auf, dann in die entgegengesetzte Richtung, wobei ich zur Seite treten musste, um ihm nicht im Wege zu stehen. Er registrierte mich nicht weiter, sondern bückte sich erneut, hob wieder etwas vom Teppich auf.

Nun nahm der Grossvater im Sessel in der Ecke Platz und lehnte sich zurück. Beide Handflächen hielt er mit den Fingern geschlossen, so dass ich nicht sehen konnte, was er darin hatte. Aber es mussten die Augen sein.

Als ob Glaskugeln in den Handflächen lägen, liess er

den oberen Teil seiner Finger über die Augen gleiten, rollte sie in den gehöhlten Händen hin und her. Dadurch dass er die Arme wechselseitig von innen nach aussen und von aussen nach innen bewegte, wurde der Rolleffekt noch verstärkt.

Nach einigen Minuten führte der Grossvater die rechte Hand an den Mund, öffnete diesen und liess das eine Auge darin verschwinden. Das Gleiche dann mit der anderen Hand und dem anderen Auge, auch dieses verschwand im Munde.

Mein eigener Mund hatte sich dabei ebenfalls geöffnet, doch wesentlich weiter, und ich hatte Schwierigkeiten, ihn wieder zu zu bekommen.

Es gelang mir doch, meine Ehrfurcht zu überwinden, und ich fragte den Grossvater, was er da im Sinne habe. Er solle doch bitte seine Augen nicht essen, er könne sie noch für andere Zwecke gebrauchen.

Der Grossvater würdigte mich zunächst keines Blickes ohne Augen. Stattdessen lutschte er ausgiebig an seinen Augäpfeln, beförderte sie mit seiner Zunge von der einen Backe in die andere. Doch fing er nicht an zu kauen und schluckte auch nicht hinunter.

Dann öffnete er plötzlich den Mund, hielt die rechte Hand darunter und spuckte beide Augen darin aus. Nun wandte er sich überraschenderweise mir zu und erklärte feierlich, er habe die Augen deswegen in den Mund genommen, um sie nach dem Aufenthalt auf dem Fussboden gut anzufeuchten und zu reinigen.

Im Leitungswasser gebe es so viele Bakterien und andere unreine Mikroben.

Auf meine Frage, weshalb er die Augen überhaupt aus

dem Kopfe genommen und sie auf den Boden geschmissen habe, antwortete er mir, dazu sei ich zu jung, das könne ich nicht verstehen.

Daraufhin stopfte er sich in ritueller Langsamkeit wieder beide Augen in die Augenhöhlen, zuerst das eine, dann das andere, drehte den Kopf zu mir hin und musterte mich mit triumphierendem Blick.

Einladung zum Urwalddinner

Mir gefiel es noch immer, in der Weltgeschichte herumzureisen, und so kam es, dass ich mich eines Tages im mit schon ewig faulenden, quer liegenden Baumriesen übersäten Urwald auf einer von Touristen noch kaum entdeckten philippinischen Insel befand. Die Papageien krächzten aus ihren bunten Schnäbeln, sträubten die noch bunteren Federn und begaben sich in alle Himmelsrichtungen auf ihre abenteuerlichen Flüge, unter und über den im Winde knorrenden Jahrhundertästen, über grüne Moose hinweg, an unendlich langen Lianen vorbei. Die grossen, fetten und die kleinen dünnen Schlangen, exotisch gelb und rot oder auch nur europäisch grau oder braun, giftig oder nicht, tauchten aus furchterregenden Löchern auf, krochen über meine verängstigten Füsse und verschwanden wieder in undurchdringlichem Gestrüpp.

Schon stundenlang war ich herumgeirrt beim Versuch, zurückzufinden in den hätschelnden Schoss der Zivilisation.

Nicht wenig erstaunt war ich, als ich endlich, ganz zufällig, mitten in Urwald einem anderen Menschen, und zwar einer jungen Frau, begegnete. Die junge Frau erwies sich als ein gescheiterter weiblicher Freitag. Sie als gescheitert zu bezeichnen ist allerdings sehr weit hergeholt. Aber zumindest in ihren eigenen Augen war sie gescheitert. Gescheitert bei dem heutzutage so beliebten Gesellschaftsspiel, dessen Ziel es war, herauszufinden, wer in einer Gruppe von zehn Leuten, für einige Wochen auf einer abenteuerlichen Robinson-Crusoe-Insel zusammen lebend, alle Herausforderungen des primitiven Lebens wohl meisterte und wer also in der Gruppe am längsten geduldet und bei den TV-Zuschauern letztlich der Populärste sein würde. Um dann einen Preis entgegennehmen zu können als der oder die gar nicht einsame Freitag oder Freitägin unserer Tage. Ich beschleunigte panisch die Schritte, als mir die Begleiterin zu verstehen gab, Kameraleute seien in direkter Nähe.

Die Begleiterin, die ich aus praktischen Gründen fortan nur Freitägin nennen will, machte einen sehr niedergeschlagenen Eindruck. Der Grund? Natürlich der, dass sie nicht gewonnen hatte. Sie war in der Endrunde ausgeschieden, also eigentlich gar nicht so schlecht.Ich hatte zunächst Angst um sie, sie würde sich das Leben nehmen. Doch allmählich konnte ich sie auf andere Gedanken bringen. Um ihren Mund tauchte ab und zu wieder ein Lächeln auf, und später schien sie das Ausscheiden ganz vergessen zu haben.

Nach einer Weile kamen wir zur grossen Überraschung an einer auf geflochtenen Stühlen sitzenden Menschengruppe vorbei. Ich befürchtete schon, dass es sich um Reste der Robinson-Crew drehen könnte, um die früh Ausgeschiedenen. Oder um das erweiterte Kamerateam. Doch meine Befürchtungen erwiesen sich als falsch. Diejenigen, die hier im Dschungel im Kreise, zwischen meterdicken Baumriesen, sassen, waren zwei Männer mit Büchern im Schosse und mehreren hundert Büchern vor sich auf zwei kleinen Tischen, der Rest hörte zu, was die beiden ihnen aus ihren Büchern vorzulesen hätten. Wir erfuhren, es drehte sich um eine deutschsprachige Autorenlesung.

Die beiden Autoren liessen den anderen jeweils ein paar Minuten zu Worte kommen, dann wiederum versuchten sie simultan den anderen zu übertönen. Ja, sie schlugen sogar kurzzeitig aufeinander ein, um die Herzen des Urwaldpublikums zu erobern.

Es drehte sich allerdings natürlich nicht um Urwaldureinwohner, sondern natürlich auch um Deutschsprachige.

Bei dem aktuellen Buch des einen Autors musste es sich um ein sogenanntes Wendebuch drehen – schon wieder oder noch immer. Denn der Dichter verrenkte immerzu ostentativ seinen Hals, so als ob er hiermit das laut Gelesene, nämlich »Wendehals«, gestisch verstärken wollte. Anfangs verstand ich immer nur »spende Fans«.

In der Mitte befand sich ein besonders grosser Baumstamm. Reste eines Urwaldriesen, in dessen Nähe ein kleiner Stumpf, den beide zu erobern suchten, um darauf sitzen zu können. Warum denn nicht auf dem bestimmt viel bequemeren grossen Stumpf sitzen?, fragte ich, worauf ich zur Antwort bekam, der sei reserviert – ein Coup – für Marcel Reich-Ranitzky, der in Bälde mit seinem Gefolge erscheinen würde. Auf dem kleinen Stumpf konnte man ihm so am nächsten sitzen.

Wir warteten nicht auf diese kommenden Ereignisse.

Als die beiden wieder wie wild zu schreien anfingen, rannte ich davon, die Freitägin hinter mir her, was mir sehr schmeichelte. Sie musste mich irgendwie lieb gewonnen haben.

Im Dschungel kannte sie sich sehr gut aus. Nach wenigen Stunden hatten wir zurückgefunden in die Stadt an dessen Rande.

Dass meine Freitägin keinen Grund hatte, sich über mangelnde Popularität zu beklagen, zeigte die Tatsache, dass sie mich noch am gleichen Tage zu einer Familie mitnahm. Sie war dort zum Essen eingeladen. Zu diesem Zwecke mussten wir wieder ein Stück zurück in den Urwald. Ich wurde Zeuge eines merkwürdigen Geschehens.

Vor dem Eintreten im Zuhause der Gastgeber verunsicherte mich meine Begleiterin ein wenig. Sie fragte mich, ob ich ihren BH hinten auf dem Rücken zurechtrücken könne. Wenn ich mit ihr 20 Jahre verheiratet gewesen wäre, schien mir, könnte dies recht natürlich sein. So aber musste ich denken: Fragte sie mich etwa, weil sie in mir einen Eunuchen sah? War ich ihr zu vertraut geworden, deswegen oder überhaupt für sie als Mann nicht interessant? Oder war dies ein Beweis des Gegenteiles, nämlich dass sie mir auf diese Weise mitteilte, sie lege Wert auf mein männliches Beisein.

Nach der Ankunft im Hause unserer Gastgeber wurde meine Aufmerksamkeit von anderen Dingen in Beschlag genommen.

Die Hausherrin in ihrem langen, kimonoähnlichen Gewand zerrte mich an der Hand in die Küche mit. Dort zeigte sie mir, wie man in dieser Urwaldgegend Würste zubereitete. Auf dem Küchentisch ringelte sich eine riesig lange Wurst. Wohl eine Chipulata, die kannte ich aus der Toscana. Die Gastgeberin nickte bekräftigend, als ich sie fragte. Dann nahm sie mich geheimnisvoll zur Seite, wo auf einem Teewagen noch eine Chipulata in grossem Ring aufgebahrt lag. Allerdings in einer ganz anderen, exotischen Farbenpracht. Plötzlich bewegte sich die Chipulata, zwar nur ein wenig, aber sie bewegte sich.

Seit wann die Würste sich hier bewegen würden, fragte ich die Gastgeberin, als sie mir verriet, es drehe sich hier nicht um eine Chipulata, sondern um eine Schlange, nicht extrem giftig, aber immerhin giftig und wirklich eine lebende Schlange.

Das kommt ja vor, dachte ich, besonders hier wohl im Urwald, dass man ab und zu Schlangen als Haustiere hat. Doch mir verschlug es die Sprache, als sie erklärte, die Schlange würde sie beim Braten der Wurst unter diese in die Pfanne und ins Fett legen – das absolut Neueste von der Kochfront.

Dann braten Sie ja die Schlange und nicht die Chipulata, entgegenete ich. Oh nein, antwortete sie. Die Pfanne, aus einem neuen, speziellen Material, würde nur ganz schwach angewärmt, was aber zur Folge habe, dass die Schlange ihrerseits eine kolossale Wärme und ganz spezielle Ausstrahlung entwickele, welche die Wurst über ihr so schmackhaft wie nie zuvor geraten liesse.

Ich stellte mich vor dem Ofen auf, wollte sehen, ob alles so vor sich gehe, wie soeben erklärt.

Es stimmte.

Ich harrte, in mich versunken, zusammen mit den anderen am langen Tisch der Mahlzeit. Es schmeckte vorzüglich.

Als nur noch ein kleiner Schnipsel der Wurst in der Pfanne, auf der Schlange liegend, übrig war, hob diese ihr gelbes Köpfchen, züngelte, zischte und kroch aus der Pfanne auf meinen Teller zu.

Meine Begleiterin reagierte überhaupt nicht. Es schien für sie das Natürlichste der Welt zu sein, sicher nicht das erste Mal, dass sie dies erlebte. Sie fand mein befremdetes Verhalten merkwürdig, was mich schmerzte. Lass mich aber bitte im Rennen, flehte ich in meinem Innern. Aber warum immer Rennen, Wettlauf, Kompetition? Lass mich unangefochten an deiner Seite weilen. Aber eine gemässe Reaktion der Freitägin blieb für immer aus.

Als die Schlange an meinem Teller angelangt war, lehnte ich mich abwehrend im Stuhl zurück. Doch die Gastgeberin erklärte mir feierlich, ich solle sie doch bitte hinter den Ohren streicheln, dann würde sie sich zufrieden weiterschlängeln, bis zum nächsten Teller und so weiter, bis sie die ganze Tischrunde gemacht habe. Dann endlich würde sie sich vom Tisch hinabwinden, unterm Sofa verschwinden, den verdienten Mittagsschlaf zu halten.

Dies geschah denn auch, und ich war ein Erlebnis reicher und eine für möglich gehaltene Liaison ärmer.

Beiger Dienstagnachmittag

Es wollte nicht den Platz auf meinen Netzhäuten freigeben, das Bild mit dem Vater, im Fesselballon nach oben steigend. Steil nach oben und schnell. Setz dich doch, wollte ich ihm zurufen, aber er und der Ballon waren so weit entfernt, dass auch ein Megaphon zu leise gewesen wäre. Setz dich doch, dachte ich zumindest, obwohl es nichts half.

Niemand konnte meine Gedanken lesen, auch nicht der Vater. Er setzte sich nicht, sondern fummelte immerzu an der Stange in der Mitte des Ballons herum. Dann wollte er einen zweiten Korb erklimmen, der – einer russischen Puppe gleich in der nächstgrösseren Puppe – oberhalb des eigentlichen Ballonkorbes hing und also gerade in diesen gepasst hätte. Wie ein viel zu alt gewordener Schüler in der Turnstunde zappelte der Vater am Klettertau, kam aber im Laufe der ewig währenden Minuten den einen oder anderen Zentimeter nach oben. Währenddessen blähte sich sein riesiger Rock, mehrere Meter länger als seine Beine und dazu von enormer Breite, derartig auf, dass er mit Hilfe des Windes im Nu fast den anderen Korb erreicht hätte. Er griff schon mit den Armen danach, hampelte noch etwas. Dann schien er mit dem rechten Arm im Korbrand einhaken zu können, bevor er wie ein Sack in den grossen Korb fiel. Bestürzt rannte ich dem Ballon nach, doch dieser entfernte sich mehr und mehr und stieg dazu im gleichen Tempo wie zuvor weiter nach oben.

Als ich das Restaurant Lungenmus linker Hand vor

mir liegen sah, konnte ich mich von den plagenden Ballonbildern befreien. Das Restaurant Lungenmus war mein Stammrestaurant, wo ich jeden Tag während der Mittagspause zu Mittag ass.

Tief atmend, aber etwas erleichtert, trat ich durch die schlichte Tür, die gut zum Namen des Lokals passte. Sofort steuerte ich auf die Treppe zu, die den Besucher zur zweiten Etage brachte. In der ersten pflegten sich Leute zu treffen, deren Wellenlänge eine ganz andere war als die meine. Der Abstand einer Etage erschien mir als das Mindeste. Ich hatte nichts mit ihnen gemein. Dazu assen sie jedes Mal die teuersten Gerichte, was mich allerdings nicht störte – sie konnten mit ihrem Geld machen, was sie wollten –, es war ihr Geld, oder auch nicht.

Die teuersten Gerichte waren verschiedene Variationen Lungenmus mit sieben, acht, dreizehn oder noch mehr Tropfen des echten Aceto Balsamico aus der norditalienischen Stadt Modena, die auch für anderes bekannt ist, zum Beispiel ihren romanischen Dom.

Im Laufe der letzten Jahre trugen viele der neuen Restaurants in unserer Stadt nicht so, wie man dies gewohnt war, Namen exotischer Länder oder Städte, sondern man setzte auf ein bestimmtes Gericht und bot es dann in verschiedenen Varianten an. Zumeist drehte es sich um vermeintlich verpönte Gerichte, zum Beispiel Erbsensuppe, Pfannkuchen oder eben Lungenmus, und die Restaurants nannten sich Kichererbse, Reibekuchen, Zum armen Bauersmann oder Griesbreibottich, und der Zulauf wurde grösser und grösser. In meinem Fall zog nicht der Name, das Neuartige im Althergebrachten. Es drehte sich auch nicht um ein Umarmen und Erhöhen des bislang nicht Stubenreinen, ich mochte ganz einfach für mein Leben gern Lungenmus. Und so kam mir der neue Trend sehr gelegen. Aber hätte man nur eine Variante Lungenmus angeboten – ich würde nicht Stammgast geworden sein. Variation ist oberstes Gebot. Echter Jahrgangs-Balsamico kam bei mir nur an Feiertagen in Frage, heute nicht.

Doch das Wasser lief mir auch beim Gedanken an das Lungenmus mit gehackten Zwiebeln, Basilikum, 14 Tropfen französischen Weinessigs und Kartoffeln im Munde zusammen. Am Tage zuvor hatte ich anstelle der Zwiebeln gestückelte Karotten und anstelle des Weinessigs den unechten Balsamico, um ihn einmal so zu nennen, verzehrt. Mit grossem Wohlbehagen. Ich genoss die heutige Variante in vollen Zügen, als der Ballon mit dem Vater wieder im Hinteren meiner Augen auftauchte. Er baumelte, mit dem linken Fusse am Rand des kleineren, oberen Korbes hängend, den Kopf nach unten, den ich nicht richtig sehen konnte, da von dem riesigen Rock verdeckt, der nun meterlang in die falsche Richtung hing, während der Vater hilflos mit den Armen ruderte. »Halt aus, halt aus«, rief automatisch eine Stimme in meinem Inneren und ich konnte mich sofort mit der Stimme identifizieren. Ich war schon im Begriffe, lauthals ins Lokal hineinzuschreien: »Halt aus, halt aus«, als eine andere Stimme in mir dies verwehrte, mit der Begründung, es sei nicht der rechte Ort dazu. Als die Kellnerin in hohen Stöckeln und kurzem Röckchen vorbeistolzierte, gewährte der lange Schlitz mir Einblicke auf ihre wohlgeformten Oberschenkel, welche mich generell mehr faszinieren als Unterschenkel oder gar noch weiter unten Füsse. Einen Augenblick lang dachte ich, wenn mein Lungenmus so geformt sein könnte, wäre alles perfekt. Dann korrigierte ein zweiter Gedanke den ersten, es sei doch besser mit den echten Schenkeln, dafür aber mit Lungenmus gefüllt. Schnell verwarf ein dritter Gedanke den zweiten, es sei zweifelsohne das Allerbeste, die Schenkel nur so, wie sie waren, ganz ohne Lungenmus. Doch der Appetit war nicht mehr der gleich grosse wie soeben. Ein Schuss Melancholie bedrängte mein Gemüt. Und der Vater im Ballon tauchte wieder auf. Eine durch des Metzgers Schnitt gross geratene, halbmondförmige Lungenmusbronchie erschien mir als halbierter Ballon mit dem ebenfalls halbierten Torso des Vaters.

Hektisch verschlang ich die Reste der Mahlzeit, knipste nach der Kellnerin, bezahlte und verliess das Lokal.

Obwohl erst Nachmittag, empfing mich draussen eine fremdartige, lähmende Dämmerung. Die leckere Kombination des Essig-Lungenmus-Geruches aufstossend schritt ich dennoch forschen Schrittes die enge Seitengasse hindurch der breiten Avenue entgegen. In diese einbiegend bot sich mir eine dramatische Szenerie. Wenige Meter von mir entfernt ragte die vielleicht zu 30 Grad gebogene, nach oben weisende Spitze eines riesigen Kranes mir entgegen. Dessen unendlich langer dünner Körper füllte, so weit das Auge reichte, die Avenue nach unten hin aus, hier und da vom grauenhaften Sturz verbogen, mit angeschrammten Farbenresten, den blanken Stahl entblössend, der das gespenstische Halbdunkel gerade noch widerspiegelte.

Mich wunderte, dass kaum Leute auf der sonst so belebten Strasse auf und ab gingen. Vorsichtig, mit schlechten Erwartungen, näherte ich mich der Krankanzel. Vielleicht lag jemand darin, halb verblutet, halb zerquetscht. Tief war mein Aufatmen, als ich sah, die Kanzel war leer. Ich setzte mich auf das untere Krangestänge und meditierte eine Weile. Es huschten doch ein paar Passanten vorbei, schauten in eine andere Richtung oder taten so, als ob das gefallene Monstrum die natürlichste Sache der Welt sei. Kein Grund, mich als besserer Mensch zu fühlen. Ein in Strömen blutender Kranführer hätte vielleicht auch mich in die Flucht geschlagen. Ich versuchte herauszufinden, wo der Kran gestanden haben musste, dabei richtete ich den Blick auf den blassbeigen Himmel und gerade noch konnte ich wahrnehmen, wie der Ballon mit dem Vater hinter einem Wolkenkratzer verschwand. Die Silhouette des Vaters war im matten Licht des Himmels noch deutlich zu erkennen. Sein Rock war über den Kopf gestülpt. Er schien ihn mit krampfhaften Bewegungen wieder von ihm herunterziehen zu wollen. Der kleinere zweite Korb, den er vor Stunden zu erklimmen versucht hatte, war nicht mehr sichtbar. Er mussste bei den Kletterversuchen in den grossen Korb gefallen sein.

Die am gestrigen Tag gelieferten Tomaten brachten mich auf andere Gedanken. Ich musste nachhause, bevor ich zur Spätschicht ging, und die Tomaten in den Keller tragen.

Wenig später betrat ich den kleinen Platz vor dem Keller, wo hoch gestapelte Kisten noch genauso standen, wie sie gestern geliefert worden waren. Es schien an der Zeit, sie in den kühlen Keller zu bringen, weg von der das Faulen beschleunigenden Hitze im Freien.

Ich holte den riesigen, schmiedeeisernen Kellerschlüssel. Ihn im Schlüsselloch der knorrigen Tür umdrehen zu können war nicht immer einfach, und schon mehrere Freunde hatten deswegen fast mit mir gebrochen, als sie stundenlang neben mir in Erwartung meines geschätzten Weines dem Wahnsinn nahe waren, bis ich endlich die Umdrehung schaffte.

Ich küsste den Schlüssel zweimal wie ein bedeutungsvoller Fussballspieler den Ball während eines bedeutungsvollen Spieles vor einem Elfmeter. Feinfühlig führte ich ihn ins Loch und im Gegensatz zu dem bedeutungsvollen Fussballspieler hatte ich Erfolg. Beim ersten Versuch gelang es mir, die Tür zu öffnen. Knarrend bewegte ich die Tür nach innen, knipste die schummrige Birne an, die staubbeladen schon seit den 50er-Jahren nicht mehr hatte gewechselt werden müssen, was von der Qualität dieser Epoche zeugt.

Mein Blick fiel wie immer beim Eintritt zunächst auf eine Steinsäule. Fast zu Tode erschrocken schnellte ich zurück. Unzählige knallgrüne Echsen äugten mir entgegen. Sie sassen dicht an dicht, so dass kaum etwas von der Steinsäule zu sehen war.

Zum Teil sassen sie übereinander, bewegten sich aber keinen Millimeter. Als wären sie zu Tode erstarrt. Ich wollte die Echsen genauer unter die Lupe nehmen, nach nur zwei Schritten vorwärts stobten sie wie Blitze auseinander. Ich fing mit dem Kisten-Tragen an. Ich forcierte das Tempo, um die Nachtschicht rechtzeitig zu erreichen. Dann war ich auf dem Wege zu meiner seit 30 Jahren so vertrauten Fabrik, jahraus, jahrein, tagaus, tagein, und auch wie jetzt nachtaus, nachtein.

Die Fabrikarbeit hatte meinem Leben Struktur gegeben, wenn auch nicht immer Sinn. Stockdunkel war es, der Himmel von einer Riesenwolke bedeckt, welche die Gegenwart des Vollmondes ein seltenes Mal aufglimmen liess. Ich sichtete die pechschwarze Silhouette des Fesselballons direkt neben der Spitze unseres so ästhetischen Wolkenkratzers unserer Stadt, aus der Zeit der ersten Wolkenkratzer überhaupt. Der Ballon gondelte haarfein vorbei und verschwand, ohne dass ich den Vater hätte darin ausmachen können.

Kurz darauf erblickte ich einen Strassenhändler, ein Chinese, der zurechtgesägte Eisblöcke verkaufte, wie anno dazumal nach dem Krieg, als die Kühlschränke noch nicht richtig ihren Siegesmarsch um die Welt angetreten hatten. Ich dachte, er hat sicher einen schweren Stand bei dieser Aufgabe, das Eis an den Mann oder die Frau zu bringen, kaufte aber spontan einen Block. Ich benötigte ein Geburtstagsgeschenk für eine liebe Bekannte. Der unablässig lächelnde Chinese packte das Eis in Papier und dann in eine Plastiktüte.

Hinterher überkam mich Reue. Konnte der Eisblock das richtige Geschenk sein? Konnte die Jubilantin das Geschenk nicht missverstehen? Glauben, ich wolle sie zum Narren halten? Annehmen, ich würde unterschwellig andeuten, sie selbst sei ein Eisberg, oder das Gegenteil, ein Hitzkopf, und bedürfe der Abkühlung? Verunsichert trabte ich mit dem schon tropfenden Geschenk weiter. Nach Minuten hatte ich die Fabrik erreicht.

Ich begab mich in den Umkleideraum, der mit einer Serie von Toiletten und dazu mit sieben, acht Duschen verbunden war. Nach und oft auch vor der Schicht pflegte ich jeweils eine Zweier-Toilette zu benutzen, welche von dem Umkleideraum getrennt waren und sich am Anfang des sich anschliessenden Korridors befanden, natürlich auch, wenn ich während der Schicht ein Geschäft verrichten musste. Falls es die Umstände erlaubten. Das lauthalse und ewige Pforzen von Mitarbeitern machte den Aufenthalt dort, wo die acht Toiletten sich befanden, auch des süsslichen Geruches wegen, für mich unmöglich. Eine von Generation zu Generation weitervererbte und aussichtslos zu bekämpfende Unkultur. Sie war so eingefahren wie die drei achtstündigen Schichten.

Ab und zu durchquerte ich den Korridor auf dem Wege in die Werkshalle mit einem unguten Gefühl. Es konnte etwas in der vorhergehenden Schicht schiefgelaufen sein, das sich in die neue hinüberverpflanzt hätte. Es geschah nicht selten, dass wir die ersten Stunden der Nachtschicht mit einer stressigen Hektik zu kämpfen hatten. Doch meist beruhigte sich alles schnell wieder und die Nachtschicht war eher eine gemütliche Zeit.

Was sonst noch weniger schön war – auch in diesem Falle nicht so sehr während der Nachtschicht, denn die Menschen sind während der Nacht allgemein gemütlicher –, war der Dünkel einiger Mitarbeiter. Man roch es in langem Abstand, wenn jemand das Bedürfnis hatte, auf anderen herumzuhacken, um so die niedrigere Stufe des anderen zu markieren. Auch diesmal. Ein Vorarbeiter sprang mit einem Wasserschlauch einem Werksstudenten hinterher und bespritzte ihn. Dieser wurde sensibel getroffen und gab irritierte Laute von sich. Einige unterstützten den Vorarbeiter, die meisten aber den Studenten. Ich fasste den Vorarbeiter am Ärmel, der daraufhin abriss. Sein ganzer Zorn richtete sich nun auf mich, er zielte mit dem Schlauch auf mich, doch man kam mir zu Hilfe. Mein Arbeitsplatz war doch ein guter. Aber an den Maschinen hatte sich Chaos breitgemacht. Unser alter, fast schon pensionierter Italiener, der unsere Fabrik sauber hielt und sich in besserer Form befand als viele junge Mitarbeiter, vielleicht weil er nicht regelmässig Presssack ass wie sie, sondern den Magen mit gesunden Oliven füllte, fuhr mit seinem Karren von Maschine zu Maschine und sammelte den reichlichen Ausschuss auf.

Der Morgen dämmerte, die Nachtschicht war zu Ende. Ich bewegte mich schläfrig durch den Korridor, machte an einem der letzten Fenster Halt. Den Inhalt einer Tasche zurechtrückend lugte ich vorsichtig durchs Fenster hinaus. Die Dämmerung verwandelte sich allmählich in Helligkeit. Ich hatte während der Schicht keine Sekunde an den Vater im Fesselballon gedacht. Ein schlechtes Gewissen machte sich in mir breit, als er sogleich wieder auftauchte. Ich riss das Fenster auf, schrie aus Leibeskräften: »Feuerwehr, Feuerweeeeeehr«. Doch meine Rufe verhallten ungehört im frühen Morgen. Nicht einmal der Vater reagierte. Mit der Rechten an einem der Taue des Ballons hängend und mit den Beinen strampelnd trug er aber den oberen Körperteil würdevoll aufrecht und den Kopf erhoben. Er hielt mit der Linken ein Papier oder ein Manuskript in grossem Abstand vor den weitsichtigen Augen und deklamierte offensichtlich eine Rede an den Wind.

Jens

Gut, dass ich Jens heisse und nicht anders, sonst wäre alles noch viel schlimmer, dachte Jens, als er keuchend den Hang emporstapfte. Weil nicht mehr der Jüngste, war es ihm durchaus angenehm, nicht auf dem Kopf gehen zu können. Der Wind liess nach, und als Jens die letzten Meter den Hang nach oben gekeucht war, sog er die salzige Meeresluft tief in sich hinein. Er setzte sich des Ausschnaufens halber auf einen Stein am Wegesrand. Zog einen Fingernagelschneider aus der Jackentasche hervor – silbrig im Sonnenlicht glänzender Beweis einer der für Jens wenigen, unumstrittenen Siege der Zivilisation seiner Zeit. Denn als Rechtshänder hatte er, wie die Meisten, zwar keine Probleme, die Nägel seiner linken Hand mit einer Schere zu schneiden, wohl aber die der rechten.

Freudig lächelnd führte nun Jens den Schneider zunächst an die linke Hand. Natürlich expedierte er, seit er den Schneider besass, beide Hände mit diesem und nicht etwa die eine mit der Schere und die andere mit dem Schneider.

Dann kam die Reihe an die linke Hand. Jens schien kurzzeitig versöhnt mit der Zivilisation, sein Lächeln veränderte sich fast in ein seliges. Dann in ein glückseliges, als ihm warme Gedanken an die Spenderin des Schneiders ins Gehirn fluteten. Grethe. Ein Engel. Doch leider war sie erst zwölf Jahre alt, wäre sie zehn Jährchen älter oder er zehn Jährchen jünger, oder beides.

Dankbar verkürzte Jens den Nagel seines rechten Mittelfingers. Schön, dass ich ihn nicht mehr wie früher abbeissen muss. Diesmal sind es nur neun Tage her seit dem letzten Mal, wo doch sonst immer zehn Tage dazwischen lagen, dachte er. Nichts ist beständig in dieser Welt.

Jens grübelte noch ein Weilchen. Die Zeremonie des Nägelkappens war ihm mit der Zeit wie das dem Leben Struktur gebende Abreissen eines Kalenderblattes geworden und die Zeitspanne von zehn Tagen, nun also nur neun, eine fast wichtigere Zeitspanne als ein Tag, der für den alternden Jens – verglichen mit früher – jetzt eher die Funktion weniger Stunden hatte. Er konnte nicht begreifen, wie seine Nägel nun mit zunehmendem Alter schneller wachsen konnten. Es sollte wohl eher umgekehrt sein, wo doch im Alter vieles retardierter vor sich geht. Vielleicht hatte die Umweltverschmutzung einen Finger mit im Spiel. Er würde die Sache genauestens weiterverfolgen.

Zwei Mädchen näherten sich ihm in langen Abendkleidern, ihre Ausgehtäschchen schlenkerten und hüpften im Takt ihrer wogenden Gangart. Weshalb immer diese Täschchen, sinnierte Jens, gibt es einen einzigen guten Grund? Für den Lippenstift ist auch in der Jacken- oder Kleidertasche Platz, für das Spiegelchen ebenso und für das Verhütungsmittel. Nicht zu reden von den minimalen Kreditkarten.

Er rupfte einen Grashalm, lockte eine Katze zu sich. Sie liess sich zögernd darauf ein, drehte langsam engere Kreise. Ihr behutsames Miauen schien zu besagen, sie wisse noch nicht so recht, ob sie ihre kostbare Zeit hier verschwenden oder nicht besser anderswo die Glieder in Yogi-Art strecken und Energie sparen sollte.

Bis sie sich plötzlich entschied, sich auf den Rücken wälzte, sich von Jens' zärtlicher Hand kraulen liess. Sie hat kein Täschchen umhängen, dachte dieser, stell dir vor, sie hätte eines, käme damit anstolziert, ho, ho, ho, ho, ho. Mit Verhütungsmitteln darin. Er lachte laut und unkontrolliert und die Bewegungen seiner Hand auf der Vorderseite der Katze wurden so grob, dass sie sich ruckartig auf den Bauch drehte und davonsprang.

Jens erhob sich, setzte seinen Weg fort. Es ging wieder abwärts, in ein paar Minuten hatte er sein Ziel erreicht, das Seeufer, und dort sein vertrautes, auf den unternehmungslustigen Wellen hüpfendes Boot. Gleich würde er Tau und Schnüre entknoten, sehen, ob alles am Platze war, den Motor anlassen, Wasser pumpen. Doch zuerst der Sprung.

Jens setzte an, holte aus, sprang behend, landete mit krachendem Laut, der als mehrmaliges, abruptes Ächzen von der gegenüberliegenden Felswand des Ufers zurückgeworfen wurde.

Jens landete nicht, wie er es immer tat.

Er fiel und fiel, immerzu. Der Boden des Bootes musste unter ihm nachgegeben haben, er hatte ein Loch hineingesprungen oder ihn ganz und gar aus dem Boot herausgesprungen. Es war ein altes, halbmorsches Holzboot. Nie im Leben war Jens so endlos gefallen. Doch dann verlangsamte sich die Fahrt wie in einem Fahrstuhl, der eine bestimmte Etage anvisiert. Anstelle der Etagentür schob sich nun jedoch eine bullaugenähnliche Glaswand ins Fahrstuhlvisier. Jens schaute, was es zu sehen gäbe.

Auf der anderen Seite der Glaswand eine Art Aquarium, wo es von Menschen nur so wimmelte, die sich nur schwimmend fortbewegten.

Im Hintergrund der Szenerie zwei Türen, die so eng aneinanderlagen wie oft Herren- und Damentoiletten. Jens legte beide Zeigefinger eng oben an die Augen, das Sehen zu effektivieren. Er glaubte nicht recht an die Toiletten. Er spähte, und richtig, die Menschen standen nicht Schlange vor den beiden Türen, um ihre Notdurft zu verrichten. Nein, auf die linke Tür war mit goldenen Buchstaben geschrieben *Himmel*, während auf der rechten in heissglühenden Buchstaben *Hölle* zu lesen war.

So nahe bin ich noch nie Himmel und Hölle gewesen, dachte Jens. Herren- und Damentoiletten zu verwechseln mag seinen Charme haben, aber hier? Bei genauerem Hinsehen war festzustellen, niemand stand Schlange, sondern alle ruderten Schlange, weil im Wasser sich befindend. Es drehte sich um sieben, acht Schlangen, die sich nebeneinander herschlängelten und in eine einzige einmündeten, welche dann auf den letzten Metern vor den eschatologischen Türen verlief. So wie es auf grösseren Flugplätzen beim Check-In der Fall ist. Eine Stimme gab dem jeweils in nächster Nähe zu den Türen Wartenden das Signal, durch die eine oder andere Tür zu treten. Die Betreffenden schienen vor Spannung zu vergehen. Der Fahrstuhl setzte sich wieder rupfend in Bewegung und Jens konnte nicht weiter Zeuge werden von dem, was sich hinter dem Bullauge tat. Gerade noch erwischte er mit dem letzten Blick eine mittelalternde Frau, die einer Schildkröte gleich mit nach unten hin rudernden Händen und ihren nach hinten ausholenden flossenhaften Füssen sich unter die Wartenden einschiffte. Sie kam wohl aus den Regionen, wo eine Zeitlang das sogenannte Fegefeuer sich befand, überlegte Jens. Die bessere Wortwahl wäre nun aber *Fegewasser.*

Der Aufzug fiel schneller und schneller, bis nicht mehr von einem Fahrstuhlgefühl die Rede sein konnte, nur von freiem Fall. Es ging so schnell nach unten und dauerte so lange, dass er damit rechnete, durch den ganzen Globus gefallen zu sein, durch die Milchstrasse und 700 andere Galaxien.

Doch dann ein abruptes Ende. Licht flutete Jens entgegen. Er musste die Augen schliessen, um nicht geblendet zu werden. Er atmete freie, milde Frühsommerluft. Überwältigt setzte er sich auf einen Stein und biss sich spontan ins Fleisch anstelle in einen Fingernagel.

Eine Schar Mädchen näherte sich am Horizont, den die untergehende Sonne feuerrot malte. Eine von ihnen hatte ein Ausgehtäschchen um die ranken Schultern hängen. Gott sei Dank, stöhnte Jens, nur diese eine.

Als dieses Jens erblickte, riss sie das Täschchen von der Schulter, warf es mit Freudenschreien hoch in die Luft, fing es wieder auf und drehte Windmühlen damit. Aus Begeisterung biss sich Jens noch einmal in den Finger. Auch die anderen Mädchen näherten sich.

Was sie wohl von meinem heringgestänkten Atem halten werden – es ist nicht lange her, das Frühstück mit den göttlichen Rahmheringen, und die Zähne putze ich ja immer vor dem Frühstück und nicht danach. Ich werde den Mund möglichst geschlossen halten.

Schon seit Jahren warten wir auf einen wie dich, schrien sie im Chor ihm entgegen.

Eine fiel ihm um den Hals, legte ihm die Hand auf den Mund.

Jens kugelte sich vor Freude am Boden, zog sich alsdann am Arm der einen nach oben, als es geschah. Der Arm brach wie der einer Porzellanpuppe ab und liess Jens mit voller Schwerkraft nach unten fallen.

Nach einer Weile betrachtete er den Körper und den abgebrochenen Oberarm des Mädchens. Zu seinem Leidwesen musste er feststellen, dass der Arm die Türklinke zur Kajüte seines Bootes war, mit der in der Hand er nun dasass.

Und kein Mädchenkörper war zu sehen, weit und breit.

Saftlos liess er seine Arme wieder seitwärtsgleiten, bevor er einen erneuten Versuch startete. Diesmal musste er ohne Türklinke auskommen, stattdessen rappelte er sich an den eigenen Gliedern auf den glitschigen Holzbrettern langsam hoch. Mit bösem Blick betrachtete er das schlittrige Parkett, das ihn hatte straucheln und auf den Hinterkopf fallen lassen.

Breitbeinig stand Jens an Deck, zeternd umschwirrten Krähenschwärme die Bäume am Ufer und die Möwen kreisten hoch über ihm, grelle Schreie von sich gebend, während er noch taumelnd seinen Freunden der Luft zuwinkte.

Reisebericht Alaska

Viele Jahre lang hatte ich eine vage Hoffnung genährt, doch irgendwann einmal in meinem Leben das legendarische Alaska besuchen zu dürfen. Alaska mit seiner atemberaubenden Natur, der kathedralen Einsamkeit, die man ähnlich wohl sonst nur in den grossen Wüsten unserer Erde erleben kann, wo es aber bekanntlich wesentlich wärmer ist als in Alaska und dazu die Berge fehlen.

Als ich dann vor Spannung bebend zusammen mit der Handvoll Mitpassagiere – oder war es gar nur einer – in der winzigen, einmotorigen Maschine auf dem Flugplatz der kleinen Stadt, dem Tor zu Alaska, sass, konnte ich es doch noch immer nicht ganz begreifen, dass mein Traum nun in Erfüllung gehen sollte.

Zögernd rollten wir an, an einem Spalier anderer, meist ebenfalls einmotoriger Maschinen vorbei, das Wahrnehmen des knochenhart aussehenden Raureifs an der Aussenseite unserer Fenster verwandelte das von der Erwartung herrührende Frösteln auf meinem Rücken kurzzeitig in eiskalte Starre.

Am Ende der Rollbahn angelangt, drehte der Kapitän, verweilte einige Sekunden in Startposition, bevor er im Laufe weniger Sekunden die Maschine auf Volldampf brachte. Wir hoben ab.

Keine Turbulenzen, kein Wackeln, kein Hüpfen, kein Durchspringen von Luftlöchern, schon am Boden hatte nicht der mindeste Windhauch die Luft bewegt.

Das erfüllteste Gefühl, das ein Mensch haben kann, machte sich in meinem Körper breit. Es kribbelte im

Bauch, fuhr mir leicht kitzelnd über den Rücken, und ich hatte mich wohl niemals sicherer gefühlt als jetzt während des geradlinigen und ungestörten Aufstiegs in den Alaska-Himmel hinein, es sei denn als Embryo in meiner Mutter Leib.

In der Horizontalen wurde es fast noch ruhiger. Ich lehnte mich zurück und schaute zum Fenster hinaus.

Es musste noch jemand zusammen mit mir im Flugzeug gesessen haben, denn ich erinnere mich genau, dass ich beunruhigt fragte, ob es gut gehen könne mit dem Fenster vor uns, das ständig zu wackeln schien. Sie beruhigte mich – ja, es war eine Frau – und erklärte mir, das sei ein Dreifachfenster und nur der zu uns gewandte Teil wäre es, der da stetig wackele. Sie musste den Kapitän auch sehr gut kennen, da sie mich dazu aufforderte, mich doch ein wenig in die Kabine zu begeben, um zu sehen, wie es dort aussähe. Dort könne man auch noch wesentlich mehr sehen als hier durch die doch recht kleinen Gucklöcherchen. Die Aussicht sei phantastisch.

Ich sei schon viele Male geflogen, erklärte ich ihr zurück, und kein Kind mehr, auch wenn sie wegen meiner Reaktion auf das wackelnde Fenster diesen Eindruck bekommen haben könnte. »Oh nein, oh nein«, beschwichtigte sie mich. »Das habe ich nicht so aufgefasst und es sind kaum Kinder, die den Kapitän dort vorn normalerweise besuchen, sondern grösstenteils Erwachsene. Statten Sie ihm ruhig einen kurzen Besuch ab! Er wird sich sehr freuen.«

Ich wusste nicht recht, was ich tun sollte. Obwohl die Fenster recht klein waren, konnte ich doch genügend sehen, und so, wie ich es im Augenblick hatte, konnte ich es mir fast nicht besser vorstellen. Warum mich aus dieser bequemen Situation entfernen?

Auf der anderen Seite, meine Mitpassagierin war so freundlich, und die Alaska-Szenerie aus der Kanzel sehen zu dürfen, wirkte doch auch einladend. Also begab ich mich nach vorn.

Sichtlich froh darüber, dass ich ihm Gesellschaft leisten würde, erklärte der Kapitän mir, wie seine Instrumente funktionierten, was mich weniger interessierte. Mehr Aufmerksamkeit erregte bei mir die phantastische Aussicht, die sich mir in der Kanzel bot. Ich ging seitlich hinter dem Kapitän in die Hocke und kam aus dem Staunen nicht mehr heraus. Zeitweise stöhnte ich, was dem Kapitän – und mir, auch im Nachhinein noch – recht peinlich gewesen sein muss, denn er war plötzlich stumm wie ein Fisch.

Dann wurde er wieder gesprächig – ich hatte mit dem Stöhnen aufgehört – und zeigte mir linker Hand vor uns ein Bärenpaar, in einem nicht gefrorenen oder vielleicht wieder aufgetauten Fluss stehend und allem Anschein nach Forellen fangend, so wie ich das ein paarmal in Filmaufnahmen gesehen hatte. Fast musste ich wieder zu stöhnen anfangen, konnte es gerade noch unterdrücken.

Rechts vor mir glaubte ich zunächst drei, vier Riesenkürbisse ausmachen zu können, bei der Temperatur, dachte ich, kann das doch nicht möglich sein. Auf der anderen Seite, das Frühjahr war nicht in allzu weiter Ferne und in dieser Mikrogegend vielleicht schon angebrochen, aber im Frühjahr sind die Kürbisse ja auch noch nicht reif. Nun schienen sie mir plötzlich als an Bäumen hängende Gigantbirnen. Erst wollte ich den

Kapitän zu Rate ziehen, unterliess es, um ihn nicht an meinen Sinnen zweifeln zu lassen, nicht eine Notlandung zu provozieren.

Ich genoss wieder die schneebedeckten Berge, die weiten Landschaften. Ehrfürchtiges Schweigen befiel mich. Und ebenso schwieg der Kapitän.

Doch plötzlich nahmen Beschaulichkeit und Frieden ein Ende. Unser Flugzeug raste auf einen Hang zu, auf dessen Rücken scheinbar unüberwindbar hohe Bäume ihre breiten Kronen spreizten. In Sekundenschnelle näherten wir uns, und die Chance, der Situation entkommen zu können, ohne zu zerschellen, erschien mir so gross wie die Möglichkeit, 500 Jahre alt zu werden.

Ich klammerte mich an die Rückenlehne des Kapitäns, ging dahinter in Deckung. Dann konnte ich es doch nicht lassen und äugte wieder seitlich daran vorbei. Der Kapitän bewegte den Steuerknüppel ruckartig nach oben und unten, nach rechts und links, und unglaublicherweise steuerte er unterhalb der Baumkronen, zwischen den Stämmen und oberhalb von Wipfeln darunter stehender Büsche, durch alle Hindernisse hindurch.

Nach benötigten Sekunden, um die Fassung wiederzugewinnen, fragte ich den Käpitän, ob wir an Höhe verloren hätten, worauf dieser antwortete, keineswegs, vielmehr seien wir nun in ein Gebiet eingeflogen, wo die höchsten Berge Alaskas stünden. Den höchsten Gipfel könnten wir dann gerade noch mit Ach und Krach in solch einem kleinen Flieger überfliegen.

Ach und Krach, dachte ich …, als das Ach und Krach auch schon auf uns zukam. Das Gefälle der Bergwand war wohl annähernd 90 Grad – nicht sehr wenig, wenn man sich nur einige hundert Meter davor befindet und mehrere hundert Meter steigen muss, um nicht am Gipfel zu zerschellen.

Wieder verbarg ich mich, diesmal aus Todesangst, hinter der Rückenlehne. Auch diesmal konnte ich es nicht lassen, an der Rückenlehne vorbeizuäugen.

Der Kapitän riss nun den Steuerknüppel nicht in alle Himmelsrichtungen, nein, er riss ihn nur immerfort nach oben, und zwar so kräftig, dass es nur eine Frage der Zeit schien, bis er ihn aus seiner Halterung herausreissen würde.

Ich hätte damals während der dramatischen Augenblicke meinen Kopf gewettet – wäre es möglich gewesen – dass wir es unter keinen Umständen schaffen würden. Der Kapitän riss und riss am Knüppel und, Wunder über Wunder, das Flugzeug stieg dramatisch. Es kratzte fast am stahlharten Granit des Berges, war nie mehr als einen Meter von ihm entfernt, aber es berührte ihn nicht. Es stieg und stieg wie der Aufstieg im Empire State Building (den Vergleich mit dem nun leider historischen Aufzug des World Trade Center möchte ich, wie ursprünglich vorgesehen, nicht mehr anstellen). Der Motor jaulte, so dass ich an die Sturzflüge der japanischen Bombenflugzeuge während des Zweiten Weltkrigs denken musste, aber die flogen ja nach unten, wir nach oben.

Wir mussten das Gestrüpp eines Busches mit dem Propeller zerdroschen haben. Das eine Zehntelsekunde nur kurze Geräusch aus dieser Richtung konnte kaum durch anderes verursacht worden sein.

Alles geht zu Ende. Noch nie war ich so froh über diese Tatsache, welche die Fundamente unserer Welt durchsäuert. Der in die falsche Richtung geflogene Kamikazeflug ging auch zu Ende.

Hallelujah, stammelte ich in mich hinein, als der Kapitän das Flugzeug in die Horizontale fallen liess. Wir fielen in ein hundert Meter tiefes Luftloch – gar nichts, verglichen mit dem soeben Erlebten. Ich fing an zu singen.

Als der Kapitän die bevorstehende Landung ankündigte, begab ich mich zurück zu meinem Passagierplatz und dachte an nichts und niemanden mehr, obwohl das Landen normalerweise unangenehme Ängste bei mir verursacht.

Reisebericht Pyrenäen

Wir fuhren und fuhren, durch glühende Sonne im Süden Frankreichs. Endlich sahen wir am Horizont die ersten Bergriesen der Pyrenäen durch die Windschutzscheibe. Unser Ziel so nahe vor Augen hoben wir im Gleichtakt die schon fast leeren Wasserflaschen, leerten sie mit gurgelnden, durstigen Schlücken und freuten uns wie die Kinder, die zuhause geblieben waren. Die Strasse wurde kurviger und enger. Wir merkten, es ging nach oben.

Es ging lange nach oben und die Strasse verengte sich noch mehr, schnitt immer zackigere Kurven. Durst plagte erneut unsere Kehlen. Doch die Flaschen waren leer und kein Restaurant offenbarte sich vor uns. Die Sonne sank tiefer und das Gleiche tat die Nadel, welche die Benzinmenge im Tank anzeigte. Die Strasse war nun keine Strasse im eigentlichen Sinne mehr, nur noch ein Weg, breit genug für ein Auto wie unseres. Wie sollte ich ausweichen können, falls nötig? Niemand konnte hier zurückstossen, weder nach oben oder unten. Auch konnten wir nicht mehr anhalten, dann musste das Auto nach hinten abrutschen.

Krämpfe der Angst schüttelten unsere Waden, Schenkel, Schultern und Bauch. Wir waren verloren. Ohne Zweifel. Uns zu erfreuen war eine unmögliche Aufgabe für die farbenvollen Bergblumen links und rechts des Weges. Immer schwerer schüttelten uns die Krämpfe.

Doch nun flachte der Weg plötzlich ab, weitete sich wieder in eine Asphaltstrasse. Hallelujah, schrien wir aus vollem Halse und die Krämpfe lösten sich.

Vor uns lag ein blockiges Steingebäude. Allem Anschein nach das ersehnte Hotel. Auf Englisch erklärte uns jemand, dass wir an einem Engpass angelangt seien. Das überaschte uns nicht, wir wussten es mehr als genug. Das Folgende dagegen sehr, es liess unser schweissnasses Haar zu Berge stehen.

Das Gebäude das gebuchte Hotel. Es lag am Fusse einer steilen, schmalen Bergwand aus glattem Stein. Links und rechts des Berghangs zeichneten sich Strassenprofile ab. Sie waren zur einen Hälfte in die Steinwand gehauen, während die andere Hälfte dazugemauert war und somit auf der linken Seite der Wand vier- bis fünfmal sprossenartig nach links, auf der rechten Bergseite vier- bis fünfmal nach rechts in die Luft hinausragte. Entsprechend konnte man rechts und links den anderen Teil der Strasse in jeweils vier bis fünf messerscharfen Einschnitten in die Bergwand sichten.

Unser Schicksal war es nun, diese Strasse einzuschlagen. Zurückfahren – das hatten wir selbst gesehen – konnten wir nicht mehr.

Von der linken Seite der Bergwand her in der dritten Serpentinen-Etage zeichnete sich die Silhouette eines Autos ab und kurz darauf hörten wir die entsetzlichen Schreie der Insassen. Der linke Hinterreifen fuhr nur zur Hälfte auf der Strasse, die andere Hälfte hatte Luft unter sich. Es gab keine Sicherung, kein Geländer. Die Insassen schrien, dass es durch Mark und Bein ging. Sie schienen abzustürzen. Doch nein. Das explosionsartige Aufprallgeräusch blieb aus. Das Geschrei wurde leiser und leiser, bis die Silhouette des Wagens und seiner Insassen ganz verschwunden war.

Wir konnten hier, wie eigentlich geplant, übernachten, um Kräfte zu sammeln für die Engpassfahrt oder aber nur einen Imbiss und ein Glas Bier einnehmen – den Nerven konnte es guttun. Wir entschlossen uns für Letzteres, wir wollten schnellstens aus der Klemme heraus. Auf die Frage, weshalb denn über all dies hier gar nichts in einem Reiseführer stehe, bekamen wir zur Antwort, das wisse doch jedes Kind. Wir parkten vor dem Gebäude. Wir hörten Schreie, die näher kamen, und wir hörten Schreie, die sich wieder entfernten. Permanentes Angstgeschrei durchschnitt die Luft.

Beklemmt traten wir ein, schauten uns um, Selbstbedienung. Wir bedienten uns, setzten uns an einen Tisch nahe einem grossen Fenster.

Den ersten Schluck Bier im Munde, bemerkten wir ein Cabriolet, das sich unter unserem Fenster an der Steilwand vorwärtstastete. Die Frau im Beifahrersitz hielt sich mit wehendem Kopftuch um den Oberkörper des Fahrers geklammert. Dessen Hände leuchteten vom harten Griff ins Steuer weiss wie Schnee. Rasch fanden wir einen anderen Platz, auf der entgegengesetzten, fensterlosen Seite. Uns noch einmal kurz entspannen – das wollten wir, nicht ans Bevorstehende erinnert werden. Eine Wendeltreppe neben uns führte in eine höhere Etage. Ein Schild gab Auskunft, es koste soundso viele Pesetas, von dieser Oberetage einen besseren Blick auf die über dem Abgrund kurvenden Wagen werfen zu können.

Wir bestiegen lieber schnellstens den Wagen, ich zündete und rollte mit meiner Beifahrerin demütig vorwärts. Am Schlagbaum rief uns noch jemand zu: »Fahrt vorsichtig.« Der Aufforderung bedurfte es nicht.

Ich hatte mir ein sicheres System des Manövrierens ausgeklügelt, wollte mit dem Aussenspiegel permanent an der Bergwand kratzen und somit die Breite des Passes maximal nutzen, natürlich bei äusserst reduzierter Geschwindigkeit im ersten Gang. Dass nicht mehr so viel Benzin im Tank war, konnte nur als Vorteil gewertet werden bei einem eventuellen Absturz. Die Technik des Spiegelkratzens hatte natürlich den Nachteil, zu nahe an die Wand geraten zu können, um dann von den Gegenkräften nach unten katapultiert zu werden. Doch alles in allem, sie erschien mir als die sicherste.

Meine Beifahrerin bekreuzte sich – eine Katholikin. Wir sprachen nun kein Wort mehr miteinander.

Die Bergwand kam näher und ebenso der lilliputkleine Strassenabsatz. Und plötzlich lief unser Auto darauf wie auf einer Schiene. Der Spiegel kratzte stetig, gab einen beruhigenden Ton von sich, so wie die Magen-Speiseröhren-Geräusche der Mutter dem Embryo in deren Bauch sich anhören müssen, nur beruhigender, weil regelmässiger.

Auch meine Beifahrerin hatte sich mir um den Oberkörper geklammert, ich konnte sie jedoch schnell abschütteln. Auch schien sie nun verstanden zu haben, dass sie so weit wie möglich nach rechts rücken musste, des Gleichgewichts wegen. Es verhielt sich auch in unserem Falle so, dass sich die linken Reifen nur zur Hälfte auf der Fahrbahn befanden, der Rest hatte Luft unter sich – ich konnte dies im linken Aussenspiegel feststellen. Allerdings war es doch eine gute Hilfe, dass der linke Strassenrand von einer etwa zwei Zentimeter hohen Begrenzung versehen war. Das hört sich zwar wenig an, aber mehr hätte ja wohl das Fahren wiederum erschwert, und es half immerhin ein klein wenig, den Kontakt mit der Bergwand zu verbessern – der Wagen lag ja nun links höher als rechts.

Und so fuhren wir, umkurvten den Berg einmal, umkurvten ihn zweimal. Alles klappte. Ich wagte es sogar, Blicke in den viele hundert Meter tiefen Abgrund zu werfen, ohne sonderlich beeindruckt zu werden. Die Beifahrerin fing ausgelassen an zu singen.

Auch die nächste Runde wurde zurückgelegt. Nur noch etwa zwei Runden. Es fuhr sich wie am Schnürchen. Doch dann geschah es.

Ich geriet plötzlich doch mit dem Spiegel zu intensiv an die Bergwand. Und das von Anfang an Befürchtete geschah. Die Gegenkräfte wurden zu stark, drückten den Wagen in Richtung Abgrund. Neben mir erschallten grelle Schreie der Todesangst. Ich verhielt mich ruhig und handelte ruhig. Das Unglück war nicht grösser, als dass das linke Hinterrad von der Strasse abgerutscht war. Ich musste nun nur wesentlich mehr Gas geben, um dem Wagen die gleiche Fahrleistung abzugewinnen. Würde aber so das Benzin reichen?

Die Beifahrerin summte, brummte laut vor sich hin, so wie wenn man das Bohren des Zahnarztes übertönen möchte, in unserem Falle den lauter gewordenen Motor, das Kratzen des Spiegels und das neuerliche Schaben des abgerutschten linken Hinterreifens.

Es fing an, stark zu regnen, die Fahrbahn wurde klitschnass, doch nichts weiter geschah mehr. Das Benzin reichte, ich hielt den Wagen auf der Fahrbahn, erneut wurde ein Schlagbaum nach oben gewuchtet, die Strasse wurde so breit wie ein Meer. Ich drückte aufs Gas, wir sangen beide im Chor und fuhren mit hoher Geschwindigkeit weiter.

Wir waren entschlossen, zwar dann und wann wieder einmal in die Pyrenäen zu fahren, doch waren wir sicher, nie wieder in die soeben verlassene Gegend.

Reisebericht Wärmland Schweden

Nach Stunden fuhren wir endlich in unserem Bestimmungsort, einer kleinen Stadt in Wärmland ein. In Schweden gab es immer etwas, was es in Norwegen nicht so billig oder überhaupt nicht gab. Dies und die Abwechslung ergaben den Grund, weshalb wir so oft willens waren, durch meilenlange Kiefernwälder zu fahren, um in diese oder eine andere kleine Stadt in Wärmland zu gelangen.

Nun also waren wir wieder dort und sahen schon von Weitem eine Menschenmenge im Stadtzentrum Schlange stehen. Wir parkten so nahe wie möglich an der Schlange, als ein alter Volvo PV eine Parklücke freimachte.

Wir wussten sehr wohl, weshalb man Schlange stand und es so wenige Parklücken gab. Das Weinmonopol war das grosse Wochenendziel besonders vieler Norweger. Wir standen als neu Hinzugekommene hinten an. Das »Systembolaget« würde in einer halben Stunde schliessen, 13.30 Uhr. Die meisten also Norweger, die wie wir stundenlang durch Kiefernwälder gereist waren. Nur vereinzelt hörte man den Wärmland-Dialekt eines Schweden, mit verfinsterter Miene artikuliert – wohl böse auf die vielen Norweger, ohne die die Schlange gar keine wäre. Aber die meisten Schweden hatten sich schon unter der Woche mit Wein, Schnaps oder Starkbier eingedeckt, im Bewusstsein der bevorstehenden Wochenendinvasion von Norweger-schwärmen – den Schweden sicher vergleichbar mit Heuschreckenschwärmen.

Nach nur fünf Minuten löste sich die Schlange auf. Wir verstanden die Welt nicht mehr, noch 25 Minuten bis zum Ladenschluss. Vor uns wurde gerufen, man habe heute ausnahmsweise eigentlich schon geschlossen, nur aus humanitären Gründen, der grossen Menschenmenge wegen noch etwas offen gehalten. Niedergeschlagen entfernte einer nach dem anderen der Wartenden sich. Wir allerdings wollten die Hoffnung noch nicht ganz aufgeben. Und näherten uns vorsichtig der Monopol-Eingangspforte. Vielleicht würde doch eine gütige Schwedenseele die Tore nochmals, für uns, öffnen. Wir versuchten es mit einem mitleiderweckenden Eindruck. Man musste uns ansehen, wie quälend lange wir durch die dunklen Wälder gefahren waren, nur um nun auf die unmenschlichste Weise abgewiesen zu werden. Man würde sich unserer erbarmen.

Doch unsere Hoffnungen wurden enttäuscht. Als wir mit den Fäusten an der Glastüre hämmerten, zeigte uns ein grimmiger Schwede unmissverständlich, wir hätten augenblicklich zu verschwinden.

Wir drehten ab, gingen noch einige Schritte enttäuscht auf und ab, kamen noch einmal am Monopol vorbei, als sich plötzlich die Glastüre öffnete und eine freundliche Schwedin uns Zeichen gab, wir sollten schnell hereinkommen.

Wir konnten kaum an unser neuerliches Glück glauben, zögerten aber nicht, traten ein und liessen die Tür hinter uns einschnappen. Die Schwedenfee gab uns lächelnd zu verstehen, wir sollten uns in den Hinterhof und von dort zu den Lagerräumen begeben, was wir taten, der Fee noch ein paar sehnsüchtige Blicke nachschickend. Draussen im Hinterhof fuhren eifrig Gabelstabler in alle Richtungen auf einem riesengrossen Gelände, was schwer zu begreifen war beim Gedanken an die kleine Stadt, aber das Umland musste schliesslich auch versorgt werden. Es waren sogar Schienen gelegt, und nicht ohne Grund. Wir hörten ein kurzes, durchdringendes Pfeifen. Eine Eisenbahn mit drei, vier Güterwagen arbeitete sich in kurzen Rucken an uns vorbei.

Ein Arbeiter winkte uns zu und schrie, wir sollten weitergehen, die Lagerhallen seien weiter hinten.

Die Schienen führten in die Hallen hinein. Der Zug und einige Gabelstapler verschwanden darin. Dann auch wir.

Wie gross doch diese Hallen waren. Überall herrschte geschäftiges Treiben. Zu hunderten waren Arbeiter und Funktionäre beschäftigt. Wir trauten unseren Augen nicht recht. An der unendlich langen Decke brannte Neonlicht.

Auf Fliessbändern rollten Flaschen vorbei, billige Weine, Cognacs, die teuersten Weine, die es gibt, auch von den besten Jahrgängen. Wir wurden enthusiastisch. Wir gingen weiter, an den schier unendlichen Lagern vorbei. Schneller und schneller gingen wir. Und die Halle schien kein Ende zu nehmen – am Horizont war kein Aufhören der Halle auszumachen.

Nun hielt uns nichts mehr. Einer von uns hatte angefangen zu joggen, aus Angst, ihm könnte sonst etwas entgehen, während wir anderen seinem Vorbild folgten. Nach einer Weile rannten wir aus vollen Kräften. Der Horizont erschien allmählich nicht mehr so gut beleuchtet, es wurde dunkler, doch unsere Begeisterung liess sich nicht bremsen.

Es wurde dunkler und dunkler, bis einer von uns die anderen zum Haltmachen aufforderte. Es gäbe doch keinen guten Grund, in alle Ewigkeit weiterzurennen.

Wir liefen langsam, pustend, aus, wie erschöpfte Rennpferde. Und schauten uns um, und mussten zu unserer Verzweiflung feststellen, wir befanden uns gar nicht mehr in den Lagerhallen. In unserer Begeisterung hatten wir sie der ganzen langen Länge nach durchquert und waren dazu noch durch die entgegengesetzt liegende Pforte gestürmt, ohne dies zu merken. Wann dies passiert war, wusste keiner. Aber wir verstanden, dass das Dunkelwerden eine Rolle dabei gespielt hatte.

Zwei meiner Begleiter fingen an zu weinen. Wir anderen versuchten sie zu trösten. Es war nicht einfach. Nachdem die beiden sich wieder gefasst hatten, beschlossen wir wieder zurückzujoggen, was auch anderes konnten wir tun.

Mittlerweile war es stockdunkel geworden und den richtigen Kurs zu finden nicht einfach. Wir waren mehrere Kilometer ausserhalb der Lagerhallen im Freien gerannt, nachdem wir deren Pforten unwissentlich durchquert hatten.

Endlich standen wir, zum Umfallen ermattet, wieder vor ihnen und mussten Zeugen davon werden, dass sie geschlossen waren. In den Hallen hatte sich nun auch intensive Dunkelheit breitgemacht. Alle fingen wir an zu weinen. Hinterher standen wir mit niedergeschlagenem Blick vor den geschlossenen Toren. Aus den Lagerhallen, oder von meinem Inneren her konnte ich eine eindringliche Stimme vernehmen, die sagte: »Diese Eingänge waren nur für euch bestimmt, jetzt haben wir sie zu beiden Seiten für immer geschlossen.«

Wir gingen stumm und zögernden Schrittes zurück zu unserem alten Ford, um wortlos die Heimreise anzutreten, während die fremde innere Stimme immerfort, einer buddhistischen Gebetsmühle gleich, ihre traurige Botschaft mir wiederholte.

Aus dem Tunnel heraus

Licht im Tunnel sehen, das zwischenzeitliche Ziel, man freut sich immer wieder darauf. So auch ich nach längerem Fahren im uralten Ford. Im hässlichsten aller Tunnels – ein dreckiger Dickdarm ohne die Beleuchtung des Katheters zur Feststellung von Polypen, die hier auch ohne Licht leicht zu entdecken waren. Meine Hände hatten angefangen zu zittern, wie zu lange auf und ab schwirrende Kanarienvögel.

Warum nicht einfach angehalten? Mitten im Tunnel?

Ich hänge in einem Zaun, der alte, gepflegte Ford nun nicht mehr das Prachtstück, das es vor Minuten noch war, angeschrammt hier und dort, Kratzer, Dellen, eingebohrte Löchlein, schiefe Stossstangen, verbogene Kotflügel.

Aus dem Haus heraus der Hausherr, ein wütender Dackel. Ein arg mitgenommener Zaun. Gar nicht im Sinne des Hausherrn. Er bellt, der Hund daraufhin ebenso. Geistesgegenwärtig reagiere ich, lehne mich stöhnend vornüber auf einen der eingebeulten Kotflügel. Ich spucke, huste, ringe nach Luft. Das Bellen verebbt. Er fragt mich, was mit mir los sei, der Aufprall könne doch nicht so ernst gewesen sein. Die Wut macht in seinen Augen Mitleid Platz. »Herzinfarkt«, stöhne ich, »wahrscheinlich Herzinfarkt«. Er drehte sich unmittelbar auf den Fersen, rannte ins Haus. »Ich rufe einen Arzt an.«

»Bitte nicht, bitte nicht«, bettelte ich nun. »Ich bin schon wieder in Ordnung. Ein Arzt wäre Energievergeudung.« Wieder drehte er sich auf den Fersen, diesmal in meine Richtung. Gott sei Dank.

Fast wünschte ich mir, ich hätte wirklich einen Infarkt, zwar keinen grösseren, halt einen ganz kleinen, dennoch registrierbaren. Der Arzt hätte kommen können. Aber so?

Oder vielleicht auch einen grösseren Infarkt, sogar mit dem Tode zur Folge. Es hatte sich in unserer Welt eingebürgert, durch Genmutation oder Ähnliches, einmal sterben zu können und später nach einiger Zeit wieder zum Leben zu erwachen. Es gab für diesen Quasidämmerzustand nun Institutionen, Riesenleichenhäuser gewissermassen, wo die für nur eine gewisse Zeit Toten, also Scheintoten – es ist auch nicht der richtige Ausdruck –, aufgebahrt lagen, so dass die Angehörigen sich von ihnen für die kurze Zeit verabschieden konnten. Es gab dann auch nicht so viele Tränen wie beim nächsten, dem definitiven (zumindest für diese Welt) Tod. Man musste sich nicht gefrieren lassen und erwachte vor einsetzender Verwesung.

Ein Fortschritt jagt eben den anderen. Doch an alles gewöhnt die Menschheit sich, ohne grosses und langes sich Wundern, das ein Schattendasein in den immer leerer werdenden Kirchen führt, falls überhaupt irgendwo. Man kommentierte den Tatbestand mit: »Es ist ja eigentlich gar nicht so übernatürlich, für alles gibt es eine rationelle Erklärung, die Gene haben es eben in sich.«

Das Auferstehen war ganz natürlich gekommen, erst hörte man von einem Falle, dann von noch einem, nach kurzer Zeit mehreren Fällen, und man reagierte anfangs noch freudig erstaunt. Als es schliesslich sehr viele waren und dann aller Wahrscheinlichkeit nach für alle gelten musste, wurde dies mit der Miene der Selbstverständlichkeit entgegengenommen. Nun starb man eben zweimal und einmal nur richtig.

Schnell wurde ich aber wieder gesund und er sofort misstrauisch, die Blicke verfinsterten sich erneut, beinahe verursachten sie den ersehnten Infarkt.

»Sie haben simuliert, Schlimmeres gibt es nicht. Pfui!« Schlagartig aber ging ihm nun die Luft aus, er wurde ruhig. Er trat an meine Seite und erklärte mit gezügelter Stimme, die nur noch ein wenig moralistisch schepperte, wenn ich auf seinen folgenden Vorschlag einginge, könne er die ganze Sache vergessen. Der Schaden an seinem Zaun wäre doch nicht so umfassend. Ein paar Latten auswechseln und ein bisschen malen. »Freiwilliger Arbeitseinsatz«, presste er heraus, »nicht für mich, sondern für uns alle. Gehen Sie mit mir. Wenn Sie in den folgenden Stunden sich daran beteiligen, ist alles in Ordnung.«

Auf dem Weg dorthin, wo der Einsatz stattfinden sollte – meinerseits ein eher missmutiges Gehen –, stocherte ich vorsichtig in den Gedanken meines Begleiters.

»Zu welchem Allgemeinwohl?«, wollte ich wissen. »Zu dem der ganzen Menschheit«, bekam ich prompt zur Antwort.

Wir näherten uns dem Gelände, wo das Grosse stattfinden sollte. Ich grübelte darüber, was für eine Arbeit es sein könnte und welche eigentliche Zielsetzung sie haben mochte. Doch ich würde es früh genug erfahren. Kein grosser Freund von Arbeit, versuchte ich die jetzt schon berserkerhaft begeisterte Gangart meines Partners zu dämpfen, indem ich ihn mit meiner linken Schulter direkt vor seiner rechten bremste. Noch bevor wir den Arbeitsplatz zu sichten imstande waren, wurden meine Ohren seiner gewahr. Beim Einmarschieren in eine Linkskurve trug der Wind uns stampfende Laute entgegen, die stärker und stärker wurden, bis sie mein Trommelfell zu sprengen drohten. Ohne Zweifel waren sie durch das Stampfen schwerer Arbeitsstiefel verursacht. Mein Arbeitgeber hatte auch für mich solche aus seinem Keller mitgebracht, was mich schon Schlimmes hatte ahnen lassen. Während ich immer niedergeschlagener wurde, wuchs die euphorische Stimmung meines Begleiters noch weiter. Er fing an zu singen, und als wir noch näher kamen, strömte vielstimmiger Gesang auf mich zu und das rhytmische Stampfen. Der Zaunbesitzer sang das Gleiche in gleichem Takt und in einer der Tonlagen.

An Ort und Stelle entledigte er sich, als könne er nicht eine Sekunde warten, seiner dicken Jacke, seiner beigen langen Hose, unter der eine ebenso beige Shorts zum Vorschein kam, zuerst aber natürlich seiner Schuhe. Er streifte sich dann die mitgebrachten schwarzen Stiefel über. Meine Beinkleider waren weiss und meine Jacke ebenso, Shorts hatte ich nicht darunter. Leider musste also auch ich mir die halbmilitärischen Stiefel überstreifen.

Mein Begleiter reihte sich ein unter den an mehreren hundert Meter langen Seilen gereihten Männern, auch Frauen und Jugendlichen, um im Gleichtakt Gleiches zu tun wie diese, nämlich den Boden unter den Füssen zu stampfen, dabei das Tau zu halten und den langsamen, aber kräftigen Rhytmus auf die Vordermänner zu verpflanzen. So trampelten die am Tau ganz vorn und hinten, etwa 350 Meter weit vor und 250 Meter hinter ihm im etwa gleichen Rhythmus. Einer kleinen Welle gleich wogten die Bewegungen von hinten nach vorn auf die Vordermänner zu – leichtfüssiges Bild der Bewegung, das in keinem Verhältnis zu den individuellen Trampelanstrengungen der Beteiligten stand, denen teilweise der Schweiss von der Stirn in Gesicht und Mund rann, von wo er entweder zur Seite hin weggespuckt oder anstelle des Schluckens eines labenden Getränks zwischen den Zähnen hindurch mit verzogener Miene in den Schlund geschlürft wurde. Pausen schien es nicht zu geben.

Ich wählte das zweite, parallell zum ersten gespannte Seil. Insgesamt musste es sich um etwa neun bis zehn gespannte Seile drehen, an denen die Trampler Position bezogen hatten. Den Rhythmus zu finden war nicht einfach und die Nebenmänner wurden deswegen auf mich aufmerksam, endlich gelang es. Ich stampfte wie der Vordermann, dessen Vordermann usw. Und sicher auch wie mein Hintermann und dessen Hintermänner, die ich nicht sehen konnte, ohne aus dem Rhythmus zu kommen.

Ich stampfte zehn Minuten, fünfzehn Minuten, ich stampfte zwanzig Minuten. Bestimmte Teile des Gehirns waren von mir abgestellt worden. Vor Jahren hatte ich das in einem Kursus gelernt, wie man mit geistiger Energie richtig umgeht, sie nicht unnötig verplempert. Der Geist bedeutet nämlich viel für den Körper. Richtiger Einsatz des Geistes ist richtiger Einsatz des Körpers. Mein Trampeln geschah fast ohne dass ich es merkte. Keine Ermüdungserscheinungen, auch nicht nach zwanzig Minuten.

Dann aber schlichen sich wieder schlechte Gewohnheiten ein. Ich begann zu denken. Warum tun wir das hier?, fragte ich mich. Nicht nur mich selbst, sondern ganz vorsichtig, um niemanden ernst zu stören, auch meinen Vordermann. Was ist der Sinn dessen, was wir tun? Für wen trampeln wir und was ist dies für ein Ort hier?

»Für uns selbst zuallererst, dann für unsere Nächsten, in unserer Stadt, in unserem Land, ja in der ganzen Welt. Das gute Beispiel, wissen Sie?«

»Was ist mit dem guten Beispiel?«, fragte ich.

»Es lädt zur Nachahmung ein. Und der Lokus hier wird *Fitness-Studio* genannt.«

»Die Studios werden auch immer grösser, und wo sind denn die Wände?«, fragte ich, worauf mir die Antwort versagt blieb. Der Vordermann war im Begriffe, schweratmig zu werden. Ich legte mich wieder mit voller Kraft ins Seil. Mechanisch rhythmisch trampelte ich weiter. Doch es kam der Zeitpunkt, wo mich gewisse Gedanken gänzlich von meinem Geschäft ablenkten. Körperliche Ermattung war die Folge.

Es drehte sich, es ist mir fast peinlich, es zu gestehen, um meinen Unterleib, der meine Aufmerksamkeit übermächtig in Anspruch nahm. Seit Wochen nämlich hatte ich versucht, einer schönen Frau nahe zu kommen, ohne Erfolg. Und das schöne Bild vom Wenn, wenn das Resultat ein gegenteiliges gewesen wäre, es krallte sich fortan immer um diese Zeit, später Nachmittag, in mein Gehirn und dann in meinen Unterleib, hielt diesen in eisernem Griff, minutenlang. Nicht nur peinlich zu erzählen ist es, auch war es peinlich, in aller Öffentlichkeit am Seil befallen zu werden.

Es gab keine andere Möglichkeit, als mich der Länge nach seitwärts und dann nach vorn hin auf den Boden zu schmeissen, um den bösartigen Körperteil zu verbergen. Gleichzeitig wollte ich nicht den Eindruck erwecken, es wäre mir etwas Ernsthaftes zugestossen. Gott sei's gedankt, es glückte mir.

Die anderen am Seil, die es sahen, ermunterten mich nur, mich wieder aufzurappeln. Doch die weisse Hose und die ebenfalls weisse Jacke, die ich seit geraumer Zeit so gerne trug, aus Protest gegen die uniformierte Ganzschwarzkleidung zahlreicher Anarchisten in meinem Wohnviertel – ich hatte sonst nichts weiter gegen sie –, meine weisse Kleidung also war doch übel zugerichtet.

Zurück am Seil ging es mit voller Kraft voraus.

Dann machte sich plötzlich Unruhe in mir breit, ich war in keiner Weise mehr fürs Stampfen und Trampeln motiviert. Ich stahl mich vorsichtig vom Seil weg und rannte davon. Den Weg zurück zu meinem alten Auto fand ich sofort, was mich überraschte, da ich in entgegengesetzter Richtung kaum auf den Weg geachtet hatte. Das alte Auto, zwar zerdellt, aber doch noch das alte. Das vertraute Quietschen der Tür, die nun noch mehr quietschte. Sich auf den roten, ungeteilten Vordersitz fallen lassen, am pastellfarbenen, etwas an Elfenbein erinnernden Sucherknopf des Radios drehen. Pfeifen, nichtssagendes Discogedröhn. Die Jünglinge von heute pflegen dabei die Fenster herunterzulassen, natürlich nicht wie ich mit der Hand kurbelnd, sondern elektrisch, und die Lautsprecher bis zum Bersten zu belasten und so Mission zu betreiben. Pfui Teufel, hätten lieber einige von ihnen so wie ich vor einer Viertelstunde etwas Nützliches getan und den Boden gestampft, als sich dieses Gestampfe anhören zu müssen.

Erneut drehte ich am Elfenbeinknopf. Es kamen Laute wie von einer sich rasch auf einem Waschbrett bewegenden Hand, obwohl ich den Sucher so langsam wie möglich bewegte. Aber wer weiss heute schon, was ein Waschbrett einmal war.

So schön, wie es sich nun fuhr, verglichen mit dem Horrortrip durch den Tunnel vor der unfreiwilligen Bekanntschaft mit Zaun und Zaunbesitzer. Was dem Radio nun entströmte, machte mich beschwingt. Autofahren kann so schön sein. Pfeifend fuhr ich in eine nie enden wollende Kurve, als vor mir der Eingang eines Tunnels auftauchte. Meine Hände fingen an zu zittern.

Mir blieb nichts anderes übrig, als weiterzufahren. Ich fuhr hinein in den Tunnel, meine Hände zittern mehr und mehr, das Licht am anderen Ende des Tunnels taucht auf. Hallelujah! Geschafft, würde nur das Zittern auch gleich aufhören, doch das tut es nicht. Ich fahre aus dem Tunnel heraus ins Licht, und rechter Hand werde ich eines Zaunes gewahr.

Als Nächstes werde ich in diesen hineinrutschen, jemand wird zeternd aus dem Haus stürzen, einen Dackel neben sich, ich werde einen Infarkt vortäuschen müssen, es wird letztlich nichts helfen, ich werde gezwungen, an einem Arbeitseinsatz teilzunehmen, die Welt und mich zu retten.

Schicksal ist Schicksal. Mein Ford rutscht mir in der Tat in den Zaun, bleibt darin hängen.

Ich lasse den Kopf demütig übers Steuer sinken. Nach einer Weile hebe ich ihn wieder, äuge vorsichtig in Richtung Zaun und Haus, erwarte einen Hund und den Hausbesitzer, sich schreiend über mich stürzend.

Doch nichts geschieht, ich steige aus, betrachte mir den Schaden, werfe einen Blick aufs Haus – keine Gardinen in den Fenstern, keine Blumen. Ich gehe an eines der Fenster, schaue hinein – keine Möbel im Zimmer, der Garten verwildert.

Niemand wohnt hier. Ich setze mich erleichtert in den Ford, manövriere ihn vorsichtig aus der Klemme, fahre erleichtert weiter.